郭沫若散文精选

·阅读,与最好的自己相遇·

郭沫若 著

为青少年读者
量身打造的经典读本

长江出版传媒 | 崇文书局

图书在版编目（CIP）数据

郭沫若散文精选：青少版 / 郭沫若著. -- 武汉：
崇文书局，2024.12. -- ISBN 978-7-5403-7669-7

Ⅰ．I266

中国国家版本馆 CIP 数据核字第 2024YM8885 号

本书文字作品由中国文字著作权协会授权，电话：010-65978905，
传真：010-65978926，E-mail: wenzhuxie@126.com。

责任编辑：曹　程
责任校对：董　颖
责任印制：冯立慧

郭沫若散文精选：青少版
GUO MORUO SANWEN JINGXUAN: QINGSHAOBAN

出版发行：	长江出版传媒　崇文书局
地　　址：	武汉市雄楚大街 268 号 C 座 11 层
电　　话：	(027)87677133　邮政编码：430070
印　　刷：	中印南方印刷有限公司
开　　本：	640mm×900mm　1/16
印　　张：	13.5
字　　数：	142 千字
版　　次：	2024 年 12 月第 1 版
印　　次：	2024 年 12 月第 1 次印刷
定　　价：	32.00 元

（如发现印装质量问题，影响阅读，由本社负责调换）

　　本作品之出版权（含电子版权）、发行权、改编权、翻译权等著作权以及本作品
装帧设计的著作权均受我国著作权法及有关国际版权公约保护。任何非经我社许可的
仿制、改编、转载、印刷、销售、传播之行为，我社将追究其法律责任。

/郭 沫 若 散 文 精 选/

目录

雅趣		
	杜鹃	2
	大山朴	4
	芍药及其他（节选）	7
	银杏	10
	蚯蚓	13
	小麻猫	19
	白鹭	25
	丁东	27
	石榴	29
	山茶花	31

心绪		
	梦与现实	34
	寄生树与细草	37
	芭蕉花	39

	鸡雏	43
	路畔的蔷薇	49
	夕暮	50
	水墨画	51
	墓	52
	白发	53
	雨	54
	蒲剑·龙船·鲤帜	59
履印	梅园新村之行	64
	访沈园	67
	飞雪崖	72
	游湖	79
	秦淮河畔	85
	长沙哟,再见!	91
	峨眉山下	93

	忆成都	96
	浪花十日	98
	重庆值得留恋	120
	谒陵	122

艺 文	卖书	128
	竹阴读画	132
	人做诗与诗做人	139
	读了《李家庄的变迁》	142
	契珂夫在东方	145
	叶挺将军的诗	148
	冷与甘	151
	简单地谈谈《诗经》	153
	题画记	156

故 知

小时情景二三	176
一支真正的钢笔	179
螃蟹的憔悴	182
悼闻一多	185
论郁达夫	188
写在菜油灯下	199
痛失人师	202
由人民英雄恽代英想到《人民英雄列传》	204

/郭沫若散文精选/

雅　趣

水里的小石子,我觉得,是最美妙的艺术品。
那圆融、滑泽和那多种多样的形态、花纹、色彩,
恐怕是人力以上的东西吧。
这不必一定要雨花台的文石,
就是随处的河流边上的石碛都值得你玩味。
你如蹲在那有石碛的流水边上,
肯留心向水里注视,
你可以发现一个光怪陆离的世界。

杜　鹃

杜鹃，敝同乡的魂，在文学上所占的地位，恐怕任何鸟都比不上。

我们一提起杜鹃，心头眼底便好像有说不尽的诗意。

它本身不用说，已经是望帝的化身了。有时又被认为薄命的佳人，忧国的志士；声是满腹乡思，血是遍山踯躅；可怜、哀惋、纯洁、至诚……在人们的心目中成为了爱的象征。这爱的象征似乎已经成为了民族的感情。

而且，这种感情还超越了民族的范围，东方诸国大都受到了感染。例如日本，杜鹃在文学上所占的地位，并不亚于中国。

然而，这实在是名实不符的一个最大的例证。

杜鹃是一种灰黑色的鸟，毛羽并不美，它的习性专横而残忍。

杜鹃是不营巢的，也不孵卵哺雏。到了生殖季节，产卵在莺巢中，让莺替它孵卵哺雏。雏鹃比雏莺大，到将长成时，甚且比母莺还大。鹃雏孵化出来之后，每将莺雏挤出巢外，任它啼饥号寒而死，它自己独霸着母莺的哺育。莺受鹃欺而不自知，辛辛苦苦地哺育着比自己还大的鹃雏：真是一件令人不平、令人流泪的情景。

想到了这些实际，便觉得杜鹃这种鸟大可以作为欺世盗名者的标本了。然而，杜鹃不能任其咎。杜鹃就只是杜鹃，它并不曾要求人把它认为佳人、志士。

人的智慧和莺也相差不远，全凭主观意象而不顾实际，这样的例证多的是。

因此，过去和现在都有无数的人面杜鹃被人哺育着。将来会怎样呢？莺虽然不能解答这个问题，人是应该解答而且能够解答的。

1936年春

大山朴

——"大山朴又开了一朵花啦！"

是八月中旬的一天清早，内子在开着窗户的时候，这样愉快地叫着。

我很惊异，连忙跑到她的身边，让眼睛随着她的指头看去，果然有一朵不甚大的洁白的花开在那幼树的中腰处的枝头。

大山朴这种植物，——学名叫 Magnolia grandiflora——是属于木兰科的常绿乔木，据说原产地是北美。这种植物，在日本常见，我很喜欢它。我喜欢它那叶像枇杷而更滑泽，花像白莲而更芬芳。花，通常是在五六月间开的。花轮甚大，直径自五六寸至七八寸。

六年前买了一株树秧来种在庭前的空地里，树枝已经渐次长成了。在今年的五月下旬开过一朵直径八寸的处女花，曾给了我莫大的喜悦。

但是离开花时已经两月以上了，又突然开出了第二朵花来。

这的确是一种惊异。

我自己的童心也和那失了花时的花一样,又复活了。我赶快跑下园子去,想把那开着花的枝头挽下来细看,吟味那花的清香。

然而,不料我的手刚攀着树枝,用力并不猛,那开着花的枝,就从那着干处发出了勃嚓的一声!——这一声,真好像一枝箭,刺透了我的心。

我连忙把树枝撑着,不让它断折下来,一面又连忙地叫:"树枝断了,赶快拿点绳子来吧!"

内子拿了一条细麻绳来,我用头把树枝顶着,把它套在干上。

内子又寻了一条布片来,敷上些软泥,把那伤处缠缚着了。

自己的心里有种说不出的懊悔。

——"这样热的天气,这条桠枝怕一定会枯的。"我凄切地说。

但最初的惊异仍然从我的口中发出了声音来:"为什么迟了两个月,又开出了这朵花呢?"隐隐有点迷信在我心中荡漾着,我疑是什么吉兆,花枝断了,吉兆也就破了。

——"大约是因为树子嫩,这朵花的养分不足,故尔失了花时。"内子这样平明地对我解说。

或许怕是吧。今年是特别热的,大约是三伏的暑气过于严烈,把这朵花压迫着了。好容易忍到交秋,又才突破了外压和它所憧憬着的阳光相见。

然而，可怜的这受了压迫而失了时的花，刚得到自行解放，便遭了我这个自私自利者的毒手！

1936年12月7日

芍药及其他（节选）

芍 药

昨晚往国泰后台去慰问表演《屈原》的朋友们，看见一枝芍药被抛弃在化妆桌下，觉得可惜，我把它拣了起来。

枝头有两朵骨朵，都还没有开；这一定是为屈原制花环的时候被人抛弃了的。

在那样杂沓的地方，幸好是被抛在桌下没有被人践踏呀。

拿回寓里来，剪去了一节长梗，在菜油灯上把切口烧了一会儿，便插在我书桌上的一个小巧的白瓷瓶里。

清晨起来，看见芍药在瓶子里面开了。花是粉红，叶是碧绿，颤巍巍地向着我微笑。

4月12日

水 石

水里的小石子,我觉得,是最美妙的艺术品。

那圆融、滑泽和那多种多样的形态、花纹、色彩,恐怕是人力以上的东西吧。

这不必一定要雨花台的文石,就是随处的河流边上的石碛都值得你玩味。

你如蹲在那有石碛的流水边上,肯留心向水里注视,你可以发现一个光怪陆离的世界。

那个世界实在是绚烂、新奇,然而却又素朴、谦抑,是一种极有内涵的美。

不过那些石子却不好从水里取出。

从水里取出,水还没有干时,多少还保存着它的美妙。待水分一干,那美妙便要失去。

我感觉着,多少体会了艺术的秘密。

4月12日

石 池

张家花园的怡园前面有一个大石池,池底倾斜,有可供人上下的石阶,在初必然是凿来做游泳池的。但里面一珠水也没有。因为石缝砌得严密,也没有进出一株青草,蒸出一钱苔痕。

我以前住在那附近,偶尔去散散步,看见邻近驻扎的军队有时也就在池底上操练。这些要算是这石池中的暂时飞来的生命的流星了。

　　有一次敌机来袭,公然投了一个燃烧弹在这石池里面,炸碎几面石板,烧焦了一些碎石。

　　弹坑并不大,不久便被人用那被炸碎了的碎石填塞了。石池自然是受了伤,带上了一个瘢痕。

　　再隔不许久,那个瘢痕却被一片片青青的野草遮遍了。

　　石池中竟透出了一片生命的幻洲。

4月26日晨

银　杏

　　银杏，我思念你，我不知道你为什么又叫公孙树。但一般人叫你是白果，那是容易了解的。

　　我知道，你的特征并不专在乎你有这和杏相仿佛的果实，核皮是纯白如银，核仁是富于营养——这不用说已经就足以为你的特征了。

　　但一般人并不知道你是有花植物中最古的先进，你的花粉和胚珠具有着动物般的性态，你是完全由人力保存了下来的奇珍。

　　自然界中已经是不能有你的存在了，但你依然挺立着，在太空中高唱着人间胜利的凯歌。

　　你这东方的圣者，你这中国人文的有生命的纪念塔，你是只有中国才有呀，一般人似乎也并不知道。

　　我到过日本，日本也有你，但你分明是日本的华侨，你侨居在日本大约已有中国的文化侨居在日本的那样久远了吧。

　　你是真应该称为中国的国树的呀，我是喜欢你，我特别地喜欢你。

但也并不是因为你是中国的特产，我才特别地喜欢，是因为你美，你真，你善。

你的株干是多么地端直，你的枝条是多么地蓬勃，你那折扇形的叶片是多么地青翠，多么地莹洁，多么地精巧呀！

在暑天你为多少的庙宇戴上了巍峨的云冠，你也为多少的劳苦人撑出了清凉的华盖。

梧桐虽有你的端直而没有你的坚牢；白杨虽有你的葱茏而没有你的庄重。

熏风会媚妩你，群鸟时来为你欢歌；上帝百神——假如是有上帝百神，我相信每当皓月流空，他们会在你脚下来聚会。

秋天到来，蝴蝶已经死了的时候，你的碧叶要翻成金黄，而且又会飞出满园的蝴蝶。

你不是一位巧妙的魔术师吗？但你丝毫也没有令人掩鼻的那种江湖气息。

当你那解脱了一切，你那槎枒的枝干挺撑在太空中的时候，你对于寒风霜雪毫不避易。

那是多么的嶙峋而又洒脱呀，恐怕自有佛法以来再也不曾产生过像你这样的高僧。

你没有丝毫依阿取容的姿态，但你也并不荒伧；你的美德像音乐一样洋溢八荒，但你也并不骄傲；你的名讳似乎就是"超然"，你超在乎一切的草木之上，你超在乎一切之上，但你并不隐遁。

你的果实不是可以滋养人，你的木质不是坚实的器材，就是你的落叶不也是绝好的引火的燃料吗？

可是我真有点奇怪了：奇怪的是中国人似乎大家都忘记了你，而且忘记得很久远，似乎是从古以来。

我在中国的经典中找不出你的名字，我很少看到中国的诗人咏赞你的诗，也很少看到中国的画家描写你的画。

这究竟是怎么一回事呀，你是随中国文化以俱来的亘古的证人，你不也是以为奇怪吗？

银杏，中国人是忘记了你呀，大家虽然都在吃你的白果，都喜欢吃你的白果，但的确是忘记了你呀。

世间上也尽有不辨菽麦的人，但把你忘记得这样普遍，这样久远的例子，从来也不曾有过。

真的啦，陪都不是首善之区吗？但我就很少看见你的影子；为什么遍街都是洋槐，满园都是幽加里树呢？

我是怎样地思念你呀，银杏！我可希望你不要把中国忘记吧。

这事情是有点危险的，我怕你一不高兴，会从中国的地面上隐遁下去。

在中国的领空中会永远听不着你赞美生命的欢歌。

银杏，我真希望呀，希望中国人单为能更多吃你的白果，总有能更加爱慕你的一天。

1942年5月23日

蚯 蚓

　　我是生于土死于土的蚯蚓，再说通俗一点吧，便是所谓曲鳝子，或者再不通俗一点吧，便是"安尼里陀"（Annelida，即蠕虫类）的一属。

　　我的神经系统是很单纯的。智慧呢？说不上。简直是不能用你们人类——你们"活魔、撒骗士"（Homo Sapiens，即人类）的度量衡来计算。

　　因此我们并不敢妄想要来了解你们，但希望你们不要把我们误解或至少对于你们有关系的事物更能够了解得多一点。

　　你们不是说是万物之灵吗？尤其是你们中的诗人不是说是"灵魂的工程师"吗？那岂不又该是万人之灵了？

　　前好几天，下了一点雨，我在一座土墙下，伸出头来，行了一次空气浴。隔着窗子我听见一位"灵魂的工程师"在朗诵他的诗：

　　——蚯蚓呀，我要诅咒你。你的唯一的本领，就是只晓得打坏辛苦老百姓们的地皮。

诗就只有这么几句，但不知道是分成廿行卅行。听说近来一行一字——甚至于有行没字的诗是很流行的，可惜我没有看见原稿。

诗翻来覆去地朗诵了好几遍，虽然有几个字眼咬得还不十分清楚，但是朗诵得确是很起劲。

照我们蚯蚓的智慧说来，这样就是诗，实在有点不大了解，不过我也不敢用我们蚯蚓的智慧来乱作批评。但我们蚯蚓，在"灵魂的工程师"看来，才是这么应该诅咒的东西，倒实在是有点惶恐。

我们也召开了一次诗歌座谈会，根据这首诗来作自我批评。可我们蚯蚓界里对于诗歌感觉兴趣的蚯蚓，都不大十分注重这件事。

大部分的同志只是发牢骚，他们说："活魔"是有特权的，只要高兴诅咒，就让他们诅咒吧。

有的说：我们生于土、死于土，永远都抬不起头，比这还有更厉害的诅咒，我也并不觉得害怕了。

有的又说：假设我们打坏地皮于他们是有害，那就让这害更深刻而猛烈一点。

发了一阵牢骚没有丝毫着落，我们还是要生于土，死于土，而且还要受"灵魂的工程师"诅咒。这实在是活不下去了。我是这样感觉着，因而便想到自杀。

"活魔"们哟，你们不要以为连自杀都是只有你们才能够有的特权吧，你们看吧，我们曲鳝子也是晓得自杀的。

不过我们的方法和你们的是正相反，你们是钻进土里来或钻进水里来，便把生命庾死了，我们是钻出土外或钻出水外去，便把生命解放了。

今天是我选择来自杀的一天，我虽然晓得太阳很大，在土里都感受着它的威胁，但我知道这正是便于自杀的一天。

我实在气不过，我要剥夺你们"活魔"的特权。你诅咒我吧，我要用死来回答你。

我怀着满怀的愤恨，大胆地从土里钻出去，去迎接那杀身的阳光。

我一出土，又听见有人在朗诵。——哼，见鬼！我赶快想缩回去，但没有来得及，那朗诵的声音已经袭击着我：

——……达尔文著的《腐殖土和蚯蚓》里面曾经表彰过蚯蚓，说它们在翻松土壤上有怎样重大的贡献。……

吓？！我们还经过大科学家表彰过的吗？我们在翻松土壤上才是有着很大的贡献吗？这倒很有意思，我要耐心着听下去。

——蚯蚓吞食很多的土壤，把那里面的养分消化了，又作为蚯蚓的粪，把土壤推出地面上来。在蚯蚓特别多的肥沃的园地里面，每一英亩约有五万匹之谱，一年之内会有十吨以上的土壤通过它们的身体被推送到地面，在十年之内会形成一片细细耕耨过的地皮，至少有两英寸厚。……

对啦。要这样才像话啦！这正是我们蚯蚓界的实际情形。我虽然已经感觉着太阳晒到有点难受了，但我冒着生命的危险，还要忍耐着听下去。

——用达尔文自己的话说吧："犁头是人类许多最古而最有价值的发明之一，但在人类未出现之前，地面实在是老早就被蚯蚓们有秩序地耕耨着，而且还要这样继续耕耨下去，别的无数的动物们在世界史中是否曾经做过这样重大的贡献，像这些低级的被构造着的生物们所做过的一样，那可是疑问。"

我受着莫大的安慰，把自杀的念头打断了。太阳实在晒得太厉害，差一点就要使我动弹不得了，我赶快用尽全身的气力，钻进了土里来。

我在土里渐渐喘息定了，把达尔文的话，就跟含有养分的土壤一样，在肚子里咀嚼，愈咀嚼愈觉得有味。究竟是科学家和诗人不同，英国的科学家和中国的诗人，相隔得似乎比英国到中国的距离还要远啦。

平心静气地说，我们生在土里，死在土里，吞进土来，拉出土去，我们只是过活着我们的一生，倒并没有存心对于你们人要有什么好处，或有什么害处。

因而你们要表彰我们，在我们是不虞之誉；你们要诅咒我们，在我们也是求全之毁。

我们倒应该并不因为你们的表彰而受着鼓励，也并不因为你们的诅咒而感到沮丧。

不过你那位万物之灵中的"灵魂的工程师"哟，你那位蚯蚓诗人哟，一种东西对于自己究竟是有利还是有害，你至少是有灵魂的，当你要诅咒，或要开始你的工程之前，请先把你的灵魂活用一下吧。

或许你是不高兴读科学书，或许甚至是不高兴什么达尔文；因为你有的是屈原、杜甫、荷马、莎翁。这些人的作品你究竟读过没有，我虽然不知道，但你是在替老百姓说话啦，那就请你去问问老百姓看。

老百姓和我们最为亲密，他也是生于土而死于土，可以说是你们人中的蚯蚓。

几千年来，你们的老百姓曾经诅咒过我们吗？他曾经诅咒过我们，像蝗虫、像蟊贼、像麻雀、像黄鳝，乃至像我们的同类蚂蟥吗？古今中外的老百姓都不曾诅咒过我们，而你替老百姓说话的人，你究竟看见过锄头没有？

老百姓自然也不曾称赞过我们，因为他并没有具备着阿谀的辞令，不像你们诗人们动辄就要赞美杜鹃，同情孤雁那样。

其实杜鹃是天生的侵略者，你们知道吗？它自己不筑巢，把卵生在别个的巢里，让别的鸟儿替它孵化幼雏，而这幼雏还要把它的义兄弟姊妹挤出巢外，让它们夭折而自己独占养育之恩，你们知道吗？

离群的孤雁是雁群的落伍者，你们知道吗？你们爱把雁行比成兄弟，其实它们是要争取时间，赶着飞到目的地点，大家都尽所有的力量在比赛，力量相同，故尔飞得整齐划一，但假如有一只力弱，或生病，或负伤，它们便要置之不顾，有时甚至要群起而啄死它。这就是被你们赞美而同情的孤雁了，你们知道吗？

你们不顾客观的事实，任意地赞扬诅咒，那在你们诚然是有特权，但你们不要把我们做蚯蚓的气死了吧。

不要以为死了一批蚯蚓算得什么，但在你们的老百姓便是损失了无数的犁头啦。

我们是生于土而死于土的，有时你们还要拿我们去做钓鱼的饵，但不必说，就是死在土里也还是替你们做肥料，这样都还要受诅咒，那就难为我们做蚯蚓的了。

但是我现在只不过是这样说说而已，我是已经把自杀的念头抛去了的。达尔文的话安慰了我，从死亡线上把我救活了转来。我还是要继续着活下去，照他所说的继续着耕耨下去。在世界史上做出一匹蚯蚓所能做到的贡献。

我们有点后悔，刚才不应该一肚子的气愤只是想自杀，更不应该昏天黑地的没有把那位读书的人看清楚。他是倚着一株白果树在那儿站着的，似乎是一位初中学生。

我很想再出土去看清楚他来，但是太阳实在大得很，而且我生怕又去碰着了蚯蚓诗人的朗诵。

算了吧，我要冷静一点了，沉默地埋在土里，多多地让土壤在我的身体中旅行。明天会不会被那一位"活魔"挖去做钓鱼的饵，谁个能够保证呢？

小麻猫

一

我素来是不大喜欢猫的。

原因是在很小的时候,有一天清早醒来,一伸手便抓着枕边的一小堆猫粪。

猫粪的那种怪酸味,已经是难闻的;让我的手抓着了,更使得我恶心。

但我现在,在生涯已经走过了半途的目前,却发生了一个心理转变。

二

重庆这座山城老鼠多而且大,有的朋友说:其大如象。

去年暑间,我们住在金刚坡下面的时候,便买了一只小麻猫。

雾期到了,我们把它带进了城来。

小麻猫虽然稚小，却很矫健。

夜间关在房里，因为进出无路，它爱跳到窗棂上去，穿破纸窗出入。破了又糊，糊了又破，不知道费了多少事。但因它爱干净，捉鼠的本领也不弱，人反而迁就了它，在一个窗格上特别不糊纸，替它设下布帘。然而小麻猫却不喜欢从布帘出入，总爱破纸。

在城里相处了一个月，周围的鼠类已被肃清，而小麻猫突然不见了。

大家都觉得可惜，我也微微有些惜意：因为恨猫究竟没有恨老鼠厉害。

三

小麻猫失掉，隔不一星期光景，老鼠又猖獗了起来，只得又在城里花了十五块钱买了一只白花猫。

这只猫子颇臃肿，背是弓的。说是兔子倒像些，却又非常地濡滞。

这白花猫倒有一种特长，便是喜欢吃馒头，因此我们呼之为"北京人"。

"北京人"对于老鼠取的是互不侵犯主义。我甚至有点替它担心，怕的是老鼠有一天要不客气起来，竟会侵犯到它的身上去的。

四

就在我开始替"北京人"担心的时候，大约也就是小麻猫失掉后已经有一个月的光景，一天清早我下床后，小麻猫突然在我脚下缠绵起来了。

——啊，小麻猫回来了！它不知道是什么时候回来了的。

家里人很高兴，小麻猫也很高兴，它差不多对于每一个人都要去缠绵一下，对于以前它睡过的地方也要去缠绵一下。

它是瘦了，颈上和背上都拴出了一条绳痕，左侧腹的毛烧黄了一大片。

使小麻猫受了这样委屈的一定是邻近的人家，拴了一月，以为可以解放了，但它一被解放，却又跑回了老家。

五

小麻猫虽然瘦了，威风却还在。它一回到老家来依然觉得自己是主人，把"北京人"看成了侵入者。

"北京人"起初和它也有点敌忾，但没几秒钟就败北了，反而怕起它来。

相处日久之后，小麻猫和"北京人"也和睦了，简直就跟兄弟一样——我说它们是兄弟，因为两只都是雄猫。

它们戏玩的时候，真是天真，相抱、相咬、相追逐，真比一对小人儿还要灵活。

就这样使那濡滞的"北京人"也活跃起来了，渐渐地失掉了它的兔形，即恢复了猫的原状。

跳窗的习惯，小麻猫依然是保存着的。经它这一领导，"北京人"也要跟着来，起先试练了多少次，便失败了多少次，不久公然也跳成功了。

三间居室的纸窗，被这两位选手跳进跳出，跳得大框小洞；冬风也和它们在比赛，实在有些应接不暇。

人是更会让步的，索性在各间居室的门脚下剜了一个方洞，以便于猫们进出。这事情我起初很不高兴，因为既不雅观，又不免依然替冷风开了路，不过我的抗议是在洞已剜成之后，自然是枉然的。

六

小麻猫回来之后，又相处了有一个月的光景，然而又失掉了。

但也奇怪，这一次大家似乎没有前一次那样地觉得可惜。

大约是因为它的回来是一种意外的收获，失掉也就只好听其自然了吧。

更好在"北京人"已被训练成为了真正的猫，而不再是兔子了。

老鼠已经不再跋扈，这更减少了人们对于小麻猫的思慕。

小麻猫大概已被人带到很远很远的地方去了吧，它是怎么也不会回来的了。——人们也偶尔淡淡地这样追忆，或谈说着。

七

可真是出人意外,小麻猫的再度失去已经六七十天了,山城一遇着晴天便已感觉着炎暑的五月,而它突然又回来了。

这次的回来是在晚上,因为相离得太久,对人已经略略有点胆怯。

但人们喜欢过望,特别地爱抚它。我呢?我是把几十年来对猫厌恶的心理,完全克服了。

我感觉着,我深切地感觉着:我接触着了自然底最美的一面。

我实在是受了感动。

回来时我们正在吃晚饭,我拈了一些肉皮来喂它,这假充鱼肚的肉皮,小麻猫也很欢喜吃。我把它的背脊抚摩了好些次。

我却发现了它的两只前腿的胁下都受了伤。前腿被人用麻绳之类的东西套着,把双方胁部的皮都套破了,伤口有两寸来往长,深到使皮下的肉猩红地露出。

我真禁不住要对残忍无耻的两脚兽提出抗议。盗取别人的猫已经是罪恶,对于无抵抗的小动物加以这样无情的虐待,更是使人愤恨。

八

盗猫的断然是我们的邻居:因为小麻猫失去了两次都能够回

来，就在这第二次的回来之后都不安定，接连有两晚上不见踪影，很可能是它把两处都当成了它的家。

今天是第二次回来的第四天了，此刻我看见它很平安地睡在我常坐的一个有坐褥的藤椅上。我不忍惊动它。

昨天晚上我看见它也是在家里的，大约它总不会再回到那虐待它的盗窟里去了吧。

九

我实在感触着了自然底最美的一面，我实在消除了我几十年来的厌猫的心理。

我也知道，食物的好坏一定有很大的关系，盗猫的人家一定吃得不大好，而我们吃的要比较好一些——至少时而有些假充鱼肚骗骗肠胃。

待遇的自由与否自然也有关系。

但我仍然感觉着，这里有令人感动的超乎物质的美存在。

猫子失了本不容易回来，小麻猫失了两次都回来了，而它那前次的依依，后次的愧怍都是那么地通乎人性。而且——似乎更人性。

我现在很关心它，只希望它的伤早好，更希望它不要再被人捉去。

连"北京人"我也感觉着一样的可爱了。

我要平等地爱护它们，多多让它们吃些假充鱼肚。

1942年5月6日

白　鹭

白鹭是一首精巧的诗。

色素的配合，身段的大小，一切都很适宜。

白鹤太大而嫌生硬，即如粉红的朱鹭或灰色的苍鹭也觉得大了一些，而且太不寻常了。

然而白鹭却因为它的常见，而被人忘却了它的美。

那雪白的蓑毛，那全身的流线型结构，那铁色的长喙，那青色的脚，增之一分则嫌长，减之一分则嫌短，素之一忽则嫌白，黛之一忽则嫌黑。

在清水田里时有一只两只站着钓鱼，整个的田便成了一幅嵌在琉璃框里的画面。田的大小好像是有心人为白鹭设计出的镜匣。

晴天的清晨每每看见它孤独地站立在小树的绝顶，看来像是不安稳，而它却很悠然。这是别的鸟很难表现的一种嗜好。人们说它是在望哨，可它真是在望哨吗？

黄昏的空中偶见白鹭的低飞，更是乡居生活中的一种恩惠。那是清澄的形象化，而且具有了生命了。

或许有人会感着美中的不足，白鹭不会唱歌。但是白鹭的本身不就是一首很优美的歌吗？——不，歌未免太铿锵了。

白鹭实在是一首诗，一首韵在骨子里的散文诗。

1942年10月31日

丁　东

我思慕着丁东——

可是并不是那环佩的丁东，铁马的丁东，而是清冽的泉水滴下深邃的井里的那种丁东。

清冽的泉水滴下深邃的井里，井上有大树罩荫，让你在那树下盘旋，倾听着那有节奏的一点一滴，那是多么清永的凉味呀！

古时候深宫里的铜壶滴漏在那夜境的森严中必然曾引起过同样的感觉，可我不曾领略过。

在深山里，崖壑幽静的泉水边，或许也更有一番逸韵沁人心脾，但我小时并未生在山中，也从不曾想过要在深山里当一个隐者。

因此我一思慕着丁东，便不免要想到井水，更不免要想到嘉定的一眼井水。

住在嘉定城里的人，怕谁都知道月儿塘前面有一眼丁东井的吧。井旁有榕树罩荫，清冽的水不断地在井里丁东。

诗人王渔洋曾经到过嘉定，似乎便是他把它改为了方响洞的。是因为井眼呈方形？还是因为井水的声音有类古代的乐器"方响"？或许是双关二意吧？

但那样的名称，哪有丁东来得动人呢？

我一思慕着丁东，便不免要回想着这丁东井。

小时候我在嘉定城外的草堂寺读过小学。我有一位极亲密的学友就住在丁东井近旁的丁东巷内。每逢星期六，城里的学生是照例回家过夜的，傍晚我送学友回家，他必然要转送我一程；待我再转送他，他必然又要转送。像这样的辗转相送，在那昏黄的街道上也可以听得出那丁东的声音。

那是多么隽永的回忆呀，但不知不觉地也就快满四十年了。相送的友人已在三十年前去世，自己的听觉也在三十年前早就半聋了。

无昼无夜地我只听见有苍蝇在我耳畔嗡营，无昼无夜地我只感觉有风车在我脑中旋转，丁东的清澈已经被友人带进坟墓里去了。

四年前我曾经回过嘉定，却失悔不应该也到过月儿塘，那儿是完全变了。方响洞依然还存在，但已阴晦得不堪。我不敢挨近它去，我相信它是已经死了。

我愿意谁在我的两耳里注进铁汁，让这无昼无夜嗡营着的苍蝇，无昼无夜旋转着的风车都一道死去。

然而清冽的泉水滴下深邃的井里，井上有大树罩荫；你能在那树下盘旋，倾听着那一点一滴的声音，那是多么清永的凉味呀！

我永远思慕着丁东。

1942年10月30日

石　榴

　　五月过了，太阳增加了它的威力，树木都把各自的伞盖伸张了起来，不想再争妍斗艳的时候，有少数的树木却在这时开起了花来。石榴树便是这多数树木中的最可爱的一种。

　　石榴有梅树的枝干，有杨柳的叶片，奇崛而不枯瘠，清新而不柔媚，这风度实兼备了梅柳之长，而舍去了梅柳之短。

　　最可爱的是它的花，那对于炎阳的直射毫不避易的深红色的花。单瓣的已够陆离，双瓣的更为华贵，那可不是夏季的心脏吗？

　　单那小茄形的骨朵已经就是一种奇迹了。你看它逐渐翻红，逐渐从顶端整裂为四瓣，任你用怎样犀利的劈刀也都劈不出那样的匀称，可是谁用红玛瑙琢成了那样多的花瓶儿，而且还精巧地插上了花？

　　单瓣的花虽没有双瓣者的豪华，但它却更有一段妙幻的演艺，红玛瑙的花瓶儿由希腊式的安普剌①变为中国式的金罍，殷、周时

---

① 是英文ampulla的音译，即一种尖底胆瓶。

古味盎然的一种青铜器。博古家所命名的各种锈彩，它都是具备着的。

你以为它真是盛酒的金罍吗？它会笑你呢。秋天来了，它对于自己的戏法好像忍俊不禁地，破口大笑起来，露出一口的皓齿。那样透明光嫩的皓齿，你在别的地方还看见过吗？

我本来就喜欢夏天。夏天是整个宇宙向上的一个阶段，在这时使人的身心解脱尽重重的束缚。因而我更喜欢这夏天的心脏。

有朋友从昆明回来，说昆明石榴特别大，子粒特别丰腴，有酸甜两种，酸者味更美。

禁不住唾津的潜溢了。

1942年10月31日

山茶花

　　昨晚从山上回来，采了几串茨实、几簇秋楂、几枝蓓蕾着的山茶。

　　我把它们投插在一个铁壶里面，挂在壁间。

　　鲜红的楂子和嫩黄的茨实衬着浓碧的山茶叶——这是怎么也不能描画出的一种风味。

　　黑色的铁壶更和苔衣深厚的岩骨一样了。

　　今早刚从熟睡里醒来时，小小的一室中漾着一种清香的不知名的花气。

　　这是从什么地方吹来的呀？——

　　原来铁壶中投插着的山茶，竟开了四朵白色的鲜花！

　　啊，清秋活在我壶里了！

/郭沫若散文精选/

心　绪

蔷薇哟,
我虽然不能供养你以春酒,
但我要供养你以清洁的流泉,
清洁的素心。
你在这破土瓶中虽然不免要凄凄寂寂地飘零,
但比遗弃在路旁被人践踏了的好吧?

梦与现实

上

昨晚月光一样的太阳照在兆丰公园的园地上。一切的树木都在赞美自己的幽闲。白的蝴蝶、黄的蝴蝶,在麝香豌豆的花丛中翻飞,把麝香豌豆的蝶形花当作了自己的姊妹。你看它们飞去和花唇亲吻,好像在催促着说:

"姐姐妹妹们,飞吧,飞吧,莫尽站在枝头,我们一同飞吧。阳光是这么和暖的,空气是这么芬芳的。"

但是花们只是在枝上摇头。

在这个背景之中,我坐在一株桑树脚下读泰戈尔的英文诗。

读到了他一首诗,说他清晨走入花园,一位盲目的女郎赠了他一只花圈。

我觉悟到他这是一个象征,这盲目的女郎便是自然的美。

我一悟到了这样的时候,我眼前的蝴蝶都变成了翩翩的女郎,争把麝香豌豆的花茎作成花圈，向我身上投掷。

我埋没在花园的坟垒里了。——

我这只是一场残缺不全的梦境，但是，是多么适意的梦境呢！

下

今晨一早起来，我打算到静安寺前的广场去散步。

我在民厚南里的东总弄，面着福煦路的门口，却看见了一位女丐。她身上只穿着一件破烂的单衣，衣背上几个破孔露出一团团带紫色的肉体。她低着头踞在墙下把一件小儿的棉衣和一件大人的单衣，卷成一条长带。

一个四岁光景的女儿踞在她的旁边，戏弄着乌黑的帆布背囊。女丐把衣裳卷好了一次，好像不如意的光景，打开来重新再卷。

衣裳卷好了，她把来围在腰间了。她伸手去摸布囊的时候，小女儿从囊中取出一条布带来，如像漆黑了的一条革带。

她把布囊套在颈上的时候，小女儿把布带投在路心去了。

她叫她把布带给她，小女儿总不肯，故意跑到一边去向她憨笑。

她到这时候才抬起头来，啊，她才是一位——瞎子。

她空望着她女儿笑处，黄肿的脸上也隐隐露出了一脉的笑痕。

有两三个孩子也走来站在我的旁边，小女儿却拿她的竹竿来驱逐。

四岁的小女儿，是她瞎眼妈妈的唯一的保护者了。

心　绪

　　她嬉顽了一会儿，把布带给了她瞎眼的妈妈，她妈妈用来把她背在背上。瞎眼女丐手扶着墙起来，一手拿着竹竿，得得得地点着，向福煦路上走去了。

　　我一面跟随着她们，一面想：

　　唉！人到了这步田地也还是要生活下去！那围在腰间的两件破衣，不是她们母女两人留在晚间用来御寒的棉被吗？

　　人到了这步田地也还是要生活下去！人生的悲剧何必向莎士比亚的杰作里去寻找，何必向川湘等处的战地去寻找，何必向大震后的日本东京去寻找呢？

　　得得得的竹竿点路声……是走向墓地去的进行曲吗？

　　马道旁的树木，叶已脱完，落叶在朔风中飘散。

　　啊啊，人到了这步田地也还是要生活下去！……

　　我跟随她们走到了静安寺前面，我不忍再跟随她们了。在我身上只寻出了两个铜元，这便成了我献给她们的最菲薄的敬礼。

1923年冬，在上海

寄生树与细草

寄生树站在一株古木的高枝上,在空气中洋洋得意。它倨傲俯瞰着下面的细草说道:

"你们可怜的小草儿,你看我的位置是多么高,你们是多么矮小!"

细草们没有回答。

寄生树又自言自语地唱道:

"啊哈哟,我是大自然中的天骄。有大树做我庇护,有大树供我养料。我是神不亏而精不劳,高瞻乎宇宙,君临乎小草,披靡乎浮云,揖友乎百鸟。啊哈哟,我是大自然中的天骄。"

一场雷雨,把大树劈倒了。寄生树和古木的高枝倒折在草上。细草儿们为它哀哭了一场。

寄生树渐渐枯死了。每逢下雨的时候,细草们便追悼它,为它哀哭。

心　绪

　　寄生树被老樵夫捡拾在大箩筐里,卖到瓦窑里去烧了。每逢下雨的时候,细草们还在追悼它,为它哀哭。

1924年,在上海

芭蕉花

这是我五六岁时的事情了。我现在想起了我的母亲,突然记起了这段故事。

我的母亲六十六年前是生在贵州省黄平州的。我的外祖父杜琢璋公是当时黄平州的州官。到任不久,便遇到苗民起事,致使城池失守,外祖父手刃了四岁的四姨,在公堂上自尽了。外祖母和六岁的三姨跳进州署的池子里殉了节,所用的男工女婢也大都殉难了。我们的母亲那时才满一岁,刘奶妈把我们的母亲背着已经跳进了池子,但又逃了出来。在途中遇着过两次匪难,第一次被劫去了金银首饰,第二次被劫去了身上的衣服。忠义的刘奶妈在农人家里讨了些稻草来遮身,仍然背着母亲逃难。逃到后来遇着赴援的官军才得了解救。最初流到贵州省城,其次又流到云南省城,倚人庐下,受了种种的虐待,但是忠义的刘奶妈始终是保护着我们的母亲。直到母亲满了四岁,大舅赴黄平收尸,便道往云南,才把母亲和刘奶妈带回了四川。

母亲在幼年时分是遭受过这样不幸的人。

母亲在十五岁的时候到了我们家里来,我们现存的兄弟姊妹共有八人,听说还死了一兄二姐。那时候我们的家道寒微,一切炊洗洒扫要和妯娌分担,母亲又多子息,更受了不少的累赘。

白日里家务奔忙,到晚来背着弟弟在菜油灯下洗尿布的光景,我在小时还亲眼见过,我至今也还记得。

母亲因为这样过于劳苦的缘故,身子是异常衰弱的,每年交秋的时候总要晕倒一回,在旧时称为"晕病",但在现在想来,这怕是在产褥中,因为摄养不良的关系所生出的子宫病吧。

晕病发了的时候,母亲倒睡在床上,终日只是呻吟呕吐,饭不消说是不能吃的,有时候连茶也几乎不能进口。像这样要经过两个礼拜的光景,又才渐渐恢复起来,完全是害了一场大病一样。

芭蕉花的故事是和这晕病关连着的。

在我们四川的乡下,相传这芭蕉花是治晕病的良药。母亲发了病时,我们便要四处托人去购买芭蕉花。但这芭蕉花是不容易购买的。因为芭蕉在我们四川很不容易开花,开了花时乡里人都视为祥瑞,不肯轻易摘卖。好容易买得了一朵芭蕉花了,在我们小的时候,要管两只肥鸡的价钱呢。

芭蕉花买来了,但是花瓣是没有用的,可用的只是瓣里的蕉子。蕉子在已经形成了果实的时候也是没有用的,中用的只是蕉子几乎还是雌蕊的阶段。一朵花上实在是采不出许多的这样的蕉子来。

这样的蕉子是一点也不好吃的,我们吃过香蕉的人,如以为吃那蕉子怕会和吃香蕉一样,那是大错而特错了。有一回母亲吃蕉子的时候,在床边上挟过一箸给我,简直是涩得不能入口。

芭蕉花的故事便是和我母亲的晕病关连着的。

我们四川人大约是外省人居多,在张献忠剿了四川以后——四川人有句话说:"张献忠剿四川,杀得鸡犬不留"——在清初时期好像有过一个很大的移民运动。外省籍的四川人各有各的会馆,便是极小的乡镇也都是有的。

我们的祖宗原是福建的人,在汀州府的宁化县,听说还有我们的同族住在那里。我们的祖宗正是在清初时分入了四川的,卜居在峨眉山下一个小小的村里。我们福建人的会馆是天后宫,供的是一位女神叫作"天后圣母"。这天后宫在我们村里也有一座。

那是我五六岁时候的事了。我们的母亲又发了晕病。我同我的二哥,他比我要大四岁,同到天后宫去。那天后宫离我们家里不过半里路光景,里面有一座散馆,是福建人子弟读书的地方。我们去的时候散馆已经放了假,大概是中秋前后了。我们隔着窗看见散馆园内的一簇芭蕉,其中有一株刚好开着一朵大黄花,就像尖瓣的莲花一样。我们是欢喜极了。那时候我们家里正在找芭蕉花,但在四处都找不出。我们商量着便翻过窗去摘取那朵芭蕉花。窗子也不过三四尺高的光景,但我那时还不能翻过,是我二哥擎我过去的。我们两人好容易把花苞摘了下来,二哥怕人看见,把来藏在衣袂下同路回去。回到家里了，二哥叫我把花苞拿去献给母亲。我捧着跑到母亲的床前，母亲问我是从什么地方拿来的，我便直说是在天后宫掏来的。我母亲听了便大大地生气，她立地叫我们跪在床前，只是连连叹气地说："啊，娘生下了你们这样不争气的孩子，为娘的倒不如病死的好了！"我们都哭了，但我也不知为什么事情要哭。不一会儿父亲晓得了，他又把我们拉去跪在大堂上的祖宗面前打了我们一阵。我挨掌心是这一回才开始的，我至今也还记得。

我们一面挨打，一面伤心。但我不知道为什么该讨我父亲、母亲的气。母亲病了要吃芭蕉花，在别处园子里掏了一朵回来，为什么就犯了这样大的过错呢？

芭蕉花没有用，抱去奉还了天后圣母，大约是在圣母的神座前干掉了吧？

这样的一段故事，我现在一想到母亲，无端地便涌上了心来。我现在离家已十二三年，值此新秋，又是风雨飘摇的深夜，天涯羁客不胜落寞的情怀，思念着母亲，我一阵阵鼻酸眼胀。

啊，母亲，我慈爱的母亲哟！你儿子已经到了中年，在海外已自娶妻生子了。幼年时摘取芭蕉花的故事，为什么使我父亲、母亲那样地伤心，我现在是早已知道了。但是，我正因为知道了，竟失掉了我摘取芭蕉花的自信和勇气。这难道是进步吗？

鸡　雏

七年前的春假，同学C君要回国的前一晚上，他提着一只大网篮来，送了我们四匹鸡雏。

鸡雏是孵化后还不上一个月的，羽毛已渐渐长出了，都是纯黑的。四只中有一只很弱。C君对我们说：

——"这只很弱的怕会死，其余的三只是不妨事的。"

我们很感谢C君。那时候决心要好好保存着他的鸡雏，就如像我们保存着对他的记忆一样。

嗳，离了娘的鸡雏，真是十分可怜。它们还不十分知道辨别食物呢。因为没有母鸡的呼唤，不怕就把食物喂养它们，它们也不大肯进食。最可怜的是黄昏要来的时候，它们想睡了，但因为没有娘的抱护，便很凄切地只是一齐叫起来。听着它们那啾啾的声音，就好像在茫茫旷野之中听见迷路孤儿啼哭着的一样哀惨。啊，它们是在黑暗之前战栗着，是在恐怖之前战栗着。无边的黑暗之中，闪着几点渺小的生命的光,这是多么危险!

鸡雏养了四天,大约是C君回到了上海的时候了。很弱的一只忽然不见了。我们想,这怕是C君的预言中了吧?但我们四处寻觅它的尸骸,却始终寻不出。啊,消灭了。无边的黑暗之中消灭了一点微弱的光。

又到第六天上来,怕是C君回到他绍兴的故乡的时候了。午后,我们在楼上突然听见鸡雏的异样的叫声。急忙赶下楼来看时,看见只有两只鸡雏张皇飞遁着,还有一只又不见了。但我们仔细找寻时,这只鸡雏却才窒塞在厨房门前的鼠穴口上,颈管是咬断了的。我们到这时才知道老鼠会吃鸡雏,前回的一只不消说也是被老鼠衔去的了。一股凶恶的杀气弥漫了我们小小的住居,我们的脆弱的灵魂隐隐受着震撼。

啊,消灭了,消灭了。无边的黑暗之中又消灭了一点微弱的光。

叹息了一阵,但也无法去起死回生。我们只好把剩下的两只鸡雏藏好在大网篮里,在上面还蒙上一张包单。我们以为这样总可以安全了,嗳,事变真出乎意外。当我们正在缓缓上楼,刚好走到楼门口的时候,又听着鸡雏的哀叫声了。一匹尺长的老鼠从网篮中跳了出来,鸡雏又被它咬死了一匹。啊,这令人战栗的凶气!这令人战栗的杀机!我们都惊愕得不能说话了。在我们小小的住居之中,一匹老鼠便制造出了一个恐怖时代!

啊，齿还齿，目还目，这场冤仇不能不报！

我们商量着，当下便去买了一只捕鼠的铁笼，还买了些"不要猫"的毒药。一只鸡腿被撕下来挂在铁笼的钩上了。我们把铁笼放在鼠穴旁边，把剩下的一只鸡雏随身带上楼去。

拨当！发机的一声惊人的响声！

哈哈！一只尺长的大鼠关在铁笼里面了，眼睛黑得亮晶晶地可怕，身上的毛色已经泛黄，好像鼬鼠一样。你这仓皇的罪囚！你这恐怖时代的张本人！毕竟也有登上断头台的时候！

啊，我那时的高兴，真是形容不出，离鸡雏之死不上两个钟头呢。

我把铁笼提到海边上去。海水是很平静的，团团的夕阳好像月光一样稳定在玫瑰色的薄霞里面。

我把罪囚浸在海里了，看它在水里苦闷。我心中的报仇欲满足到了高潮，我忍不住抿口而笑。真的，啊，真的！我们对于恶徒有什么慈悲的必要呢？那么可怜无告的孤儿，它杀了一只又杀一只，杀气的疯狂使人也生出了战栗。我们对于这样的恶徒有什么慈悲的必要呢？

老鼠死了，我把它抛到海心去了。恶徒的报应哟！我掉身回去，夕阳好像贺了我一杯喜酒，海水好像在替我奏着凯歌。

回到家来，女人已在厨中准备晚餐了。剩下的一只鸡雏只是啾啾地在她脚下盘绕。一只鹨形的母鸡，已经在厨里的一只角落上睡着了。

——"真对不住C君呢。"我的女人幽幽地对我这样说。

——"但也没法，这是超出乎力量以上的事情。"我说着走到井水旁边去洗起我的手。

——"真的呢，那第二次真使我惊骇了，我们这屋子里就是现在也还充满着杀气。"

——"我把那东西沉在海里的时候可真是高兴了。我的力量增加了百倍，我好像屠杀了一条毒龙。我起先看着它在水里苦闷，闷死了，我把它投到海心里去了。啊，老鼠这东西真可恶，要打坏地基，要偷吃米粮，要传播病菌，还要偷杀我们的鸡雏！……"

饭吃过后，我的女人在屋角的碗橱旁边做米团。

——"毒药放进去了吗？"

她低着声说："不要大声，说穿了不灵。"

我看见她从橱中取出几粒绿幽幽的黄磷来放在米团的心里。那种吸血的凄光，令我也抖擞了一下。啊，凶暴的鼠辈哟，你们也要知道人的威力了！

第二天清晨，我下楼打开后面窗户的时候，看见那只鹨形的母鸡——死在后庭里面了。

——"哦呀，这是怎么的！你昨晚上做的米团放在什么地方的呀？"

我的女人听见了我的叫声，赶着跑下了楼来。她也呆呆地看着死在庭里的母鸡。

——"呀！"她惊呼着说，"厨房门还关得上好的，它怎么钻出来了呢？米团我是放在这廊沿下面的。"她说着俯身向廊下去看，我也俯下去了。廊下没有米团，却还横着一只死鼠。

——"它究竟是怎么钻出来的呢？"我的女人还在惊讶着说。

我抬头望着厨房里的一堵面着后庭的窗子，窗子是开着的。

啊，谁个知道那堵导引光明的窗口，才是引到幽冥的死路呢！我一手提着一只死鼠，一手提着一只死鸡，踏着晓露又向海边走去。路旁的野草是很青翠的，一滴滴的露珠在草叶上闪着霓虹的光彩，在我脚下零散。

海水退了潮了。沙岸恢复了人类未生以前的平莹，昨晚的一场屠杀没有留下一些儿踪影。

我把死鼠和死鸡迭次投下海里去了。

鸡身浮在水上。我想，这是很危险的事，万一邻近的渔人拾去吃了的时候呢！……

四月初间的海水冷得透人肌骨，但是在水里久了也不觉得了。我在水里凫着，想把死鸡的尸首拿回岸来。但我向前凫去，死鸡也随着波动迭向海心推移。死神好像在和我捉弄的一样。我凫了一个大湾，绕到死鸡前面去，又才把它送回了岸来。上岸后，我冷得发抖，全身都起着鸡皮皱了。

我把那匹死鸡埋在沙岸上了。舐岸的海声好像奏着葬歌，蒙在雾里的夕阳好像穿着丧服。

剩下的一只鸡雏太可怜了，终日只是啾啾地哀叫。

人在楼上的时候，它啾啾地寻上楼来。

人下楼去的时候，它又啾啾地从楼上跳下。

老鼠虽不敢再猖獗了，但是谁能保证不又有猫来把它衔去呢？不久之间春假已经过了。有一天晚上我从学校回家，唯一的一只鸡雏又不见了！啊，连这一只也不能保存了吗？待我问我的女人时，她才说："它叫得太可怜了，一出门去又觉得危险；没有法子，只得把它送了人，送给有鸡雏的邻家去了。"

心里觉得很对不住C君，但我也认为：这样的施舍要算是最好的办法了。

路畔的蔷薇

清晨往松林里去散步,我在林荫路畔发现了一束被人遗弃了的蔷薇。蔷薇的花色还是鲜艳的,一朵紫红,一朵嫩红,一朵是病黄的象牙色中带着几分血晕。

我把蔷薇拾在手里了。

青翠的叶上已经凝集着细密的露珠,这显然是昨夜被人遗弃了的。

这是可怜的少女受了薄幸的男子的欺给?还是不幸的青年受了轻狂的妇人的玩弄呢?

昨晚上甜蜜的私语,今朝的冷清的露珠……

我把蔷薇拿到家里来了,我想找个花瓶来供养它。

花瓶我没有,我在一只墙角上寻着了一个断了颈子的盛酒的土瓶。

——蔷薇哟,我虽然不能供养你以春酒,但我要供养你以清洁的流泉,清洁的素心。你在这破土瓶中虽然不免要凄凄寂寂地飘零,但比遗弃在路旁被人践踏了的好吧?

夕　暮

　　我携着三个孩子在屋后草场中嬉戏着的时候,夕阳正烧着海上的天壁,眉痕的新月已经出现在鲜红的云缝里了。

　　草场中牧放着的几条黄牛,不时曳着悠长的鸣声,好像在叫它们的主人快来牵它们回去。

　　我们的两匹母鸡和几只鸡雏,先先后后地从邻寺的墓地里跑回来了。

　　立在厨房门内的孩子们的母亲向门外的沙地上撒了一握米粒出来。

　　母鸡们咯咯咯地叫起来了,鸡雏们也啁啁地争食起来了。

　　——"今年的成绩真好呢,竟养大了十只。"

　　欢愉的音波,在金色的暮霭中游泳。

水墨画

天空一片灰暗,没有丝毫的日光。

海水的蓝色浓得惊人,舐岸的微波吐出群鱼喋喁的声韵。

这是暴风雨欲来时的先兆。

海中的岛屿和鸟木的雕刻一样静凝着了。

我携着中食的饭匣向沙岸上走来,在一只泊系着的渔舟里面坐着。

一种淡白无味的凄凉的情趣——我把饭匣打开,又闭上了。

　回头望见松原里的一座孤寂的火葬场。红砖砌成的高耸的烟囱口上,冒出了一笔灰白色的飘忽的轻烟……

墓

昨朝我一人在松林里徘徊,在一株老松树下戏筑了一座砂丘。

我说,这便是我自己的坟墓了。

我便拣了一块白石来写上了我自己的名字,把来做了墓碑。

我在墓的两旁还移种了两株稚松把它伴守。

我今朝回想起来,又一人走来凭吊。

但我已经走遍了这莽莽的松原,我的坟墓究竟往哪儿去了呢?

啊,死了的我昨日的尸骸哟,哭墓的是你自己的灵魂,我的坟墓究竟往哪儿去了呢?

白　发

许久储蓄在心里的诗料,今晨在理发店里又浮上了心来了。——

你年轻的,年轻的,远隔河山的姑娘哟,你的名姓我不曾知道,你恕我只能这样叫你了。

那回是春天的晚上吧?你替我剪了发,替我刮了面,替我盥洗了,又替我涂了香膏。

你最后替我分头的时候,我在镜中看见你替我拔去了一根白发。

啊,你年轻的,年轻的,远隔河山的姑娘哟,飘泊者自从那回离开你后又飘泊了三年,但是你的慧心替我把青春留住了。

1925年10月20日

雨

六月二十七日《屈原》决定在北碚上演，朋友们要我去看，并把婵娟所抱的一个瓶子抱去。这个烧卖形的古铜色的大瓷瓶，是我书斋里的一个主要的陈设，平时是用来插花的。

《屈原》的演出我在陪都已经看了很多回，其实是用不着再往北碚去看的，但是朋友们的辛劳非得去慰问一下不可，于是在二十六日的拂晓我便由千厮门赶船坐往北碚，顺便把那个瓶子带了去。

今年延绵下来了的梅雨季，老是不容易开朗，已经断续地下了好几天的雨，到了二十七日依然下着，而且是愈下愈大。

二十七是星期六，是最好卖座的日期。雨大了，看戏的人便不会来。北碚的戏场又是半露天的篷厂，雨大了，戏根本也就不能上演。因此，朋友们都很焦愁。

清早我冒着雨，到剧社里去看望他们，我看到每一个人的表情都沉闷闷地，就像那梅雨太空一样稠云层迭。

有的在说："这北碚的天气真是怪，一演戏就要下雨。听说前次演《天国春秋》和《大地回春》的时候，也是差不多天天都在下着微雨的。"

有的更幽默一些，说："假使将来要求雨的时候，最好是找我们来演戏了。"

我感觉着靠天吃食者的不自由上来，但同是一样的雨对于剧人是悲哀，对于农人却是欢喜。听说今年的雨水好，小麦和玉蜀黍都告丰收，稻田也突破了纪录，完全栽种遍了。

不过百多人吃着大锅饭的剧人团体，在目前米珠薪桂的时节，演不成戏便没有收入，的确也是一个伟大的威胁。

办公室里面云卫的太太程梦莲坐在一条破旧的台桌旁，没精打采地在戏票上盖数目字。

桌上放着我所抱去的那个瓶子，呈着它那黝绿的古铜色，似乎也沉潜在一种不可名状的焦愁里面了。

突然在我心里浮出了一首诗。

——"我做了一首打油诗啦。"我这样对梦莲说。

梦莲立即在台桌上把一个旧信封翻过来，拿起笔便道："你念吧，我写。"

我便开始念出：

不辞千里抱瓶来，此日沉阴竟未开。

心　绪

　　　　敢是抱瓶成大错？梅霖怒洒北碚苔。

　　梦莲是会作诗的，写好之后她沉吟了一会儿，说："两个'抱瓶'字重复了，不大好。"说着她便把第三句改为了："敢是热情惊大士。"她说："是你把观音大士惊动了，所以才下雨啦。"

　　——"那吗，索性把'梅霖'改成杨枝吧。"我接着说。

　　于是诗便改变了一番面貌。

　　邻室早在开始排戏，因为有两位演员临时因故不出场，急于要用新人来代替，正在赶着排练。

　　梦莲和我把诗改好之后走出去看排戏。

　　临着天井的一座大厢房，用布景的道具隔为了两半，后半是寝室，做着食堂的前半作为了临时的排演场。有三尺来往高的半壁作为栏杆和天井隔着，左右有门出入。

　　在左手的门道上，靠壁有一条板凳，饰婵娟的瑞芳正坐在那儿。

　　梦莲把手里拿着的诗给她看。

　　——"这'怒'字太凶了一点。"瑞芳看了一会儿之后指着第四句说。

　　——"我觉得是观音菩萨生了气啦，"我这样说，"今天老是不晴，戏会演不成的。"

——"其实倒应该感谢这雨。"瑞芳说,"你看,演得这样生,怎么能够上场呢?"

我为她这一问略略起了一番深省。做艺术家的人能有这样的责任心,实在是值得宝贵;也唯其有这样的责任心,所以才能够保证得艺术的精进吧。

——"好的,我要另外想一个字来改正。"我回答着。

——"婵娟出场了!婵娟!"导演的陈鲤庭在叫,已经在开始排第四幕,正该瑞芳出场的时候。

瑞芳应声着,匆匆忙忙地跑去参加排演去了。我便坐到她的座位上靠着壁思索。我先想改成"遍"字。写上去了,又勾倒过来,想了一会儿又勾倒过去;但是觉得仍旧不妥帖,便又改为"透"字。"杨枝透洒北碚苔",然而也不好。最后我改成了"惠"字。

刚刚改定,瑞芳的节目演完了,又匆匆忙忙地跑了过来。

——"改好了吗?"她问。

我把改的"惠"字给她看。

——"对啦,这个字改得满好,这个字改得满好。"她接连着说,满愉快而天真地。

梦莲在旁边似乎也在思索,到这时她说:"那吗'惊'字恐怕也要改一下才好了。"

——"用不着吧?惊动了的话是常说的。"瑞芳接着说,依然是那么明朗而率真。

心 绪

雨到傍晚时分虽然住了，但戏是没有方法演出的。有不少冒着雨从远方来看戏的人，晚上不能回家，结果是使北碚的旅馆，一时呈出了人满之状，"大士"的"惠"，毫无疑问地，是普济到了一般的小商人了。

第二天，二十八日，星期。清早九点钟的时候，雨又下起来了。四处的屋檐都垂起了雨帘。

同住在兼善公寓一院里面的王瑞麟，把鲤庭和瑞芳约了来，在我的房间里同用早点。

瑞芳突然笑着向我说："那一个字又应该改回去了。"

我觉得这话满有风趣。我回答道："真的，实在是生了气。"

瑞麟和鲤庭都有些诧异，不知道我们所说的是什么。

我把故事告诉他们。同时背出了那首诗：

不辞千里抱瓶来，此日沉阴竟未开。

敢是热情惊大士？杨枝惠洒北碚苔。

不过这个字终竟没有改回去。因为不一会儿雨就住了，痛痛快快地接连又晴了好几天。好些人在看肖神，以为《屈原》一定无法演出的，而终于顺畅地演了五场。听说场场客满，打破纪录，农人剧人皆大欢喜。惠哉，惠哉。

1942年7月8日

蒲剑·龙船·鲤帜

端午节相传是纪念屈原的日子，据说屈原是在这一天跳进汨罗江里自杀了，后人哀悼他，便普遍地举行种种的仪式来对他作纪念。这传说是很有诗意的。不过在古时在有些地方也有把这个日子认为是纪念伍员的。例如曹娥的父亲便是以五月五日迎伍君，逆涛而上，为水所淹死。大约伍员的死期也是五月五日。（《左传》鲁哀公十一年所载吴杀伍员与鲁伐齐事，正在五月。）但后来却为屈原所独占了。

抗战以来，因为国家临到了相当危险的关头，屈原的身世和作品又唤起了人们的注意，端午节的意义因而也更被重视了。特别在今年，有好些作诗的人竟把这个节日定名为"诗人节"。所纪念的本是诗人，纪念的仪式又富有诗意，定名"诗人节"，似乎比"天中""地腊""端阳""重午"……这样的旧名称要来得新鲜一点。但我希望这个民族的大众纪念节日，不要被解释为少数的"诗人"所垄断，那就好了。

端午节这个日期的确是富有诗意，觉得比中秋节更是可爱。前人有把诗与文分为阳刚和阴柔两类的，象征地说来，可比端午为阳刚的诗，中秋为阴柔的诗吧。拿楚国的两个诗人来说，屈原便合乎阳刚，宋玉便近乎阴柔。把端午定为屈原的死日，说不定会是民族的诗的直觉，对于他的一个正确的批判。

古时候曾经把这一天当为邪辟的日子，大概就是因为是伍员与屈原的死日，两人同是被一些邪辟小人所迫害而死了的，由民族的正义感竟把这个日子当为了忌日。这一天认为是百邪群鬼聚会的日子，连这一天生下的儿女都认为不祥，不让他存活。例如孟尝君是五月五日生的，他的父亲决意丢掉他，是他的母亲私下把他养活了。汉朝的宰相王凤也是五月五日生的，他的父亲也想不要他，是他的叔父以孟尝君的故事为例又才保存了下来。由这些故事看来，在古时为忌避端午不知道牺牲了多少儿女。这固然是当得铲除的恶习，但推原其故，实由于仇视邪辟。在古时是认为邪辟的力量太大了，几乎为人所不能敌。但由这同一的观念所生出的良风美俗，却是对于邪辟的斗争。

群鬼百邪害死了忠良，损伤了民族的正义感，故尔每一个人为自卫和卫人计，都须得齐心一意地来除去邪鬼。先除去自己身心的邪辟吧，要以兰汤为浴，以菖蒲泛酒（俗间在酒中对以雄黄），不仅要保持身体的清洁，还要争取内心的芬芳。更进而除去一切宇宙中的邪辟吧，以蒲为剑，以艾为犬（古时曾以艾为人或虎），岂不是象征着要民族的每一个人都成为驱魔的猎人，伏虎的斗士？这诗意真真是十分葱茏，值得我们把它阐扬、保存而且扩充——扩充为民族的日常生活：熏莸不同器，邪正不两立！

划龙船的风俗是同样值得保存而加以发扬的。这和欧美人的竞漕（boat race）具有同样的国民保健的意义。在这健身的意义之外，尤可夸示的，是它本来所含有的培养民族精神的作用。龙船竞渡相传是为拯救沉溺了的屈原，但实质上便是拯救被沉溺了的正义！正义被邪辟陷没了，我们要同一切的邪辟斗争，即使是在狂涛恶浪当中，我们就牺牲了自己的生命都在所不惜，一定要把那正义救起。这是含有何等崇高意义的精神教育！这个是屈原精神和诗歌的形象化，以这来纪念屈原，我觉得是民族的共感所洗练出的最好的诗的方法。可惜这意义，多少是失传了，仪式仅存着化石的形式。现代的诗人们不是应该吹人自己的生命，使化石复活吗？

端午节的风俗也传播到日本去了，蒲剑兰汤，形式上差不多没有两样。龙船虽然没有，但有"鲤帜"（Koinobori）的变异出现。在五月间，日本的乡村农家差不多每一家的空场里都要竖立一根旗杆，在上面挂一个或一个以上由小而大的布制鲤鱼。鱼有红黑两种，小者数尺，大者丈余，肚腹都是空的，一有风，便为气流所贯，在空中飘荡起来，俨如鱼在游泳。日本人以五月为男童节（以三月为女儿节），一家有多少男童便挂多少鲤鱼。这用意不用说是中国的鲤鱼跳龙门的演化，但用以为端午的一种仪式，在中国不知道有没有它的母家，或者也怕是出于误会的转变吧。鲤鱼所跳的龙门是河津的龙门，而楚国别有江渚的龙门，即楚国的东门，所谓"过夏首而西浮兮，顾龙门而不见"，便是这南方的龙门了。因为南方也有龙门，故尔用鲤鱼来表示追慕的象征吧？不过纪念屈原的意义，在日本是完全失传了的。"鲤帜"，在日本人，是认为努力争取功名利禄的表现。争取功利之极则不惜牺牲他人以肥自己，这是日本人的活生生的国民教育。

鲤鱼究竟还未化成龙啦。要使日本民众知道端午节的意义是在整饬自己乃至牺牲自己以拯救正义，在东亚才能有和平出现的一天。但是，龙，说不定也可以退化而为鲤，或者确实的僵化而为石。那更是我们所不希望的。敢于改端午节为"诗人节"的诗人们，多多努力吧！

/郭沫若散文精选/

履印

水流虽然比起上游来已经从群山之中解放了,
但依然相当湍激,因此颇有放纵不羁之概;
河面相当辽阔,每每有大小的洲屿,戴着新生的杂木。
春夏虽然青翠,入了冬季便成为疏落的寒林。
水色,除夏季洪水期呈出红色之外,是浓厚的天青。
远近的滩声不断地唱和着。

梅园新村之行

梅园新村也在国府路上，我现在要到那儿去访问。

从美术陈列馆走出，折往东走，走不好远便要从国民政府门前经过。国府也是坐北向南的，从门口望进去，相当深远，但比起别的机关来，倒反而觉得没有那么宫殿式的外表。门前也有一对石狮子，形体太小，并不威武。虽然有点近代化的写实味，也并不敢恭维为艺术品。能够没有，应该不会是一种缺陷。

从国府门前经过，再往东走，要踱过一段铁路。铁路就在国府的墙下，起初觉得似乎有损宁静，但从另一方面想了一下，真的能够这样更和市井生活接近，似乎也好。

再横过铁路和一条横街之后，走不好远，同在左侧的街道上有一条侧巷，那便是梅园新村的所在处了。

梅园新村的名字很好听？大有诗的意味。然而实地的情形却和名称完全两样。不仅没有梅花的园子，也不自成村落。这是和《百家姓》一样的散文中的散文。街道是崎岖不平，听说特种任务的机关林立,仿佛在空气里面四处都闪耀着狼犬那样的眼睛,眼睛,眼睛。

三十号的周公馆,应该是这儿的一座绿洲了。

小巧玲珑的一座公馆。庭园有些日本风味,听说本是日本人住过的地方。园里在动土木,在右手一边堆积了些砖木器材,几位木匠师傅在加紧动工。看这情形,周公似乎有久居之意,而且似乎有这样的存心——在这个小天地里面,对于周围的眼睛,示以和平建设的轨范。

的确,我进南京城的第一个感觉,便是南京城还是一篇粗杂的草稿。别的什么扬子江水闸,钱塘江水闸,那些庞大得惊人的计划暂且不忙说,单为重观瞻起见,这座首都的建设似乎是刻不容缓了。然而专爱讲体统的先生们却把所有的兴趣集中在内战的赌博上,而让这篇粗杂的草稿老是不成体统。

客厅也很小巧,没有什么装饰。除掉好些沙发之外,正中一个小圆桌,陈着一盆雨花台的文石。这文石的宁静、明朗、坚实、无我,似乎也就象征着主人的精神。西侧的壁炉两旁,北面与食厅相隔的左右腰壁上,都有书架式的壁橱,在前应该是有书籍或小摆设陈列的,现在是空着。有绛色的帷幕掩蔽着食厅。

仅仅两个月不见,周公比在重庆时瘦多了。大约因为过于忙碌,没有理发的闲暇吧,稍嫌过长的头发愈见显得他的脸色苍白。他的境遇是最难处的,责任那么重大,事务那么繁剧,环境又那么拂逆。许多事情明明是知其不可为而为，但却丝毫也不敢放松，不能放松，不肯放松。他的工作差不多经常要搞个通夜，只有清早一段时间供他睡眠，有时竟至有终日不睡的时候。他曾经叹息过，他的生命有三分之一是在"无益的谈判"里继续不断地消耗了。谈判也不一定真是"无益"，他所参与的谈判每每是关系着民族的生死存亡，只是和他所花费的精力比较起来，成就究竟是显得那么微末。这是一个深刻的民族的悲哀，这样一位才干出类的人才，却没有更积极性的建设工作给他做。

　　但是，轩昂的眉宇，炯炯的眼光，清朗的谈吐，依然是那样地有神。对于任何的艰难困苦都不会避易的精神，放射着令人镇定，也令人乐观的毅力。我在心坎里，深深地为人民，祝祷他的健康。

　　我自己的肠胃有点失调，周公也不大舒服，中饭时被留着同他吃了一餐面食。食后他又匆匆忙忙地外出，去参加什么会议去了。

　　借了办事处的一辆吉普车，我们先去拜访了莫德惠和青年党的代表们。恰巧，两处都不在家，我们便回到了中央饭店。

访沈园

一

绍兴的沈园,是南宋诗人陆游写《钗头凤》的地方。当年著名的林园,其中一部分已经辟为"陆游纪念室"。

二

《钗头凤》的故事,是陆游生活中的悲剧。他在二十岁时曾经和他的表妹唐琬(蕙仙)结婚,伉俪甚笃。但不幸唐琬为陆母所不喜,二人被迫离析。

十余年后,唐琬已改嫁赵家,陆游也已另娶王氏。一日,陆游往游沈园,无心之间与唐琬及其后夫赵士程相遇。陆既未忘前盟,唐亦心念旧欢。唐劝其后夫遣家童送陆酒肴以致意。陆不胜悲痛,因题《钗头凤》一词于壁。其词云:

红酥手,黄藤酒,满城春色宫墙柳。东风恶,欢情薄,一怀愁绪，几年离索。错，错，错。

　　春如旧，人空瘦，泪痕红浥鲛绡透。桃花落，闲池阁，山盟虽在，锦书难托。莫，莫，莫。

这词为唐琬所见，她还有和词，有"病魂常似秋千索""怕人询问，咽泪装欢，瞒，瞒，瞒"等语。和词韵调不甚谐，或许是好事者所托。但唐终抑郁成病，至于夭折。我想，她的早死，赵士程是不能没有责任的。

四十年后，陆游已经七十五岁了。曾梦游沈园，更深沉地触动了他的隐痛。他又写了两首很哀婉的七绝，题目就叫《沈园》。

　　城上斜阳画角哀，沈园非复旧池台。伤心桥下春波绿，曾是惊鸿照影来。

　　梦断香消四十年，沈园柳老不吹绵。此身行作稽山土，犹吊遗踪一泫然。

这是《钗头凤》故事的全部，是很动人的一幕悲剧。

三

十月二十七日我到了绍兴，留宿了两夜。凡是应该参观的地方，大都去过了。二十九日，我要离开绍兴了。清早，争取时间，去访问了沈园。

在陆游生前已经是"非复旧池台"的沈园,今天更完全改变了面貌。我所看到的沈园是一片田圃。有一家旧了的平常院落,在左侧的门楣上挂着一个两尺多长的牌子,上面写着"陆游纪念室(沈园)"字样。

大门是开着的,我进去看了。里面似乎住着好几家人。只在不大的正中的厅堂上陈列着有关陆游的文物。有陆游浮雕像的拓本,有陆游著作的木板印本,有当年的沈园图,有近年在平江水库工地上发现的陆游第四子陆子坦夫妇的圹记,等等。我跑马观花地看了一遍,又连忙走出来了。

向导的同志告诉我:"在田圃中有一个葫芦形的小池和一个大的方池是当年沈园的故物。"

我走到有些树木掩荫着葫芦池边去看了一下,一池都是苔藻。池边有些高低不平的土堆,据说是当年的假山。大方池也远远望了一下,水量看来是丰富的,周围是稻田。

待我回转身时,一位中年妇人,看样子好像是中学教师,身材不高,手里拿着一本小书,向我走来。

她把书递给我,说:"我就是沈家的后人,这本书送给你。"

我接过书来看时,是齐治平著的《陆游》,中华书局出版。我连忙向她致谢。

她又自我介绍地说:"老母亲病了,我是从上海赶回来的。"

"令堂的病不严重吧?"我问了她。

"幸好，已经平复了。"

正在这样说着，斜对面从菜园地里又走来了一位青年，穿着黄色军装。赠书者为我介绍："这是我的儿子，他是从南京赶回来的。"

我上前去和他握了手。想到同志们在招待处等我去吃早饭，吃了早饭便得赶快动身，因此我便匆匆忙忙地告了别。

这是我访问沈园时出乎意外的一段插话。

四

这段插话似乎颇有诗意。但它横在我的心中，老是使我不安。我走得太匆忙了，忘记问清楚那母子两人的姓名和住址。

我接受了别人的礼物，没有东西也没有办法来回答，就好像欠了一笔债的一样。

《陆游》这个小册子，在我的旅行箧里放着，我偶尔取出翻阅。一想到《钗头凤》的故事便使我不能不联想到我所遭遇的那段插话。我依照着《钗头凤》的调子，也酝酿了一首词来：

宫墙柳，今乌有，沈园蜕变怀诗叟。秋风袅，晨光好，满畦蔬菜，一池萍藻。草，草，草。　　沈家后，人情厚，《陆游》一册蒙相授。来归宁，为亲病。病情何似？医疗有庆。幸，幸，幸。

的确,"满城春色宫墙柳"的景象是看不见了。但除"满畦蔬菜,一池萍藻"之外,我还看见了一些树木,特别是有两株新栽的杨柳。

陆游和唐琬是和封建社会搏斗过的人。他们的一生是悲剧,但他们是胜利者。封建社会在今天已经被和根推翻了,而他们的优美形象却永远活在人们的心里。

沈园变成了田圃,在今天看来,不是零落,而是蜕变。世界改造了,昨天的富室林园变成了今天的人民田圃。今天的"陆游纪念室"还只是细胞,明天的"陆游纪念室"会发展成为更美丽的池台——人民的池台。

陆游有知,如果他今天再到沈园来,他决不会伤心落泪,而是会引吭高歌的。他会看到桥下的"惊鸿照影"——那唐琬的影子,真像飞鸿一样,永远在高空中飞翔。

飞雪崖

重九已经过去了足足七天，绵延了半个月的秋霖，今天算确实晴定了。

阳光发射着新鲜的诱力，似乎在对人说：把你们的脑细胞，也翻箱倒箧地，拿出来晒晒吧，快发霉了。

文委会留乡的朋友们，有一部分还有登高的佳兴，约我去游飞雪崖，但因我脚生湿气，行路不自由，便替我雇了一乘滑竿，真是很可感激的事，虽然也有些难乎为情。

同行者二十余人，士女相偕，少长咸集，大家的姿态都显得秋高气爽，真是很难得的日子呵，何况又是星期！

想起了煤烟与雾气所涵浸着的山城中的朋友们。朋友们，我们当然仅有咫尺之隔，但至少在今天却处的是两个世界。你们也有愿意到飞雪崖去的吗？我甘愿为你们做个向导啦。

你们请趁早搭乘成渝公路的汽车。汽车经过老鹰崖的盘旋，再翻下金刚坡的曲折，从山城出发后，要不到两个钟头的光景，便可以到达赖家桥。在这儿，请下车，沿着一条在田畴中流泻着的小河向下游走去。只消说要到土主场，沿途有不少朴实的农人，便会为你们指示路径的。

走得八九里路的光景便要到达一个乡镇，可有三四百户人家。假使是逢着集期，人是肩摩踵接，比重庆还要热闹。假使不是，尤其在目前天气好的日子，那就苍蝇多过于人了。——这是一切乡镇所通有的现象，倒不仅限于这儿，但这儿就是土主场了。

到了这儿，穿过场，还得朝西北走去。平坦的石板路，蜿蜒得三四里的光景，便引到一条相当壮丽的高滩桥，所谓高滩就是飞雪崖的俗名了。

桥下小河阔可五丈，也就是赖家桥下的那条小河——这河同乡下人一样是没有名字的。河水并不清洁，有时完全是泥水，但奇异的是，小河经过高滩桥后，河床纯是一片岩石，因此河水也就顿然显得清洁了起来。

更奇异的是，岩石的河床过桥可有千步左右突然斩切地断折，上层的河床和下层相差至四五丈。河水由四五丈高的上层，形成抛物线倾泻而下，飞沫四溅，惊雷远震，在水大的时候，的确是一个壮观。这便是所谓飞雪崖了。

到了高滩桥，大抵是沿着河的左岸再走到这飞雪崖。岸侧有曲折的小径走下水边，几条飞奔的瀑布，一个沸腾着的深潭，两岸及溪中巨石磊磊，嶙峋历落，可供人伫立眺望。唯伫立过久，水沫湿衣，虽烈日当空，亦犹溽雨其蒙也。

河床断面并不整齐，靠近左岸处有岩石突出，颇类龙头，水量遍汇于此，为岩头析裂，分崩而下，譬之龙涎，特过猛烈。断床之下及左侧岩岸均洼入成一大岩穴，俨如整个河流乃一宏大爬虫，张其巨口。口中乱石如齿，沿绕齿床，可潜过水帘渡至彼岸，苔多石滑，真如在活物口中潜行，稍一不慎，便至失足。

右岸颇多乱草，受水气润泽，特为滋荣。岩头有清代及南宋人题壁。喜欢访古的人，仅这南宋人的题壁，或许已足诱发游兴的吧。

我们的一群，在午前十时左右，也走到了这儿。在我要算是第五次的来游了。虽久雨新晴，但雨量不多，因而水量也不甚大，在水帘后潜渡时遂无多大险厄。是抗战的恩惠，使我们在赖家桥的附近住上了四个夏天和秋天，而我是每年都要来游一次，去年还是来过两次的，可每次来都感觉着就和新来的一样。

我记得第一次来的时候便看到清代的一位翰林李为栋所做的《飞雪崖赋》，赋文相当绮丽，是他的学生们所代题代刊在岩壁上的，上石的时期是乾隆五年。当年曾经有一书院在这侧近，现在是连废址都不可考了。李翰林掌教于此，对这飞雪崖极其心醉。赋文过长，字有残泐，赋首有序，其文云：

　　崖去渝郡六十里，相传太白、东坡皆题诗崖间，风雨残蚀，泯然无存。明巡按詹公朝用，阁部王公飞熊，里中人也。凿九曲池，修九层阁，极一时之盛游。而披读残碣，无一留题……

的确，九曲池的遗迹是还存在，就在那河床上层的正中，在断折处与高滩桥之间，其形颇类亚字而较复杂。周围有础穴残存，大约就是九层阁的遗址吧。

但谓"披读残碣，无一留题"，却是出人意外。就在那《飞雪崖赋》的更上一层，我在第二次去游览的时候，已就发现了两则南宋人的留题。一题"淳熙八年正月廿七日"，署名处有"李沂"字样。这一则的右下隅新近修一观音龛，善男善女们的捐款题名把岩石剜去了一大半，遂使全文不能著读，但残文里面有"曲水流觞"及"西南夷侵边"字样，则上层河床的亚字形九曲池，是不是明人所凿，便成问题了。另一则，文亦残泐，然其大半以上尚能属读：

（飞）雪崖自二冯而后，未有名胜之（游），（蜀）难以来，罕修禊事之典。（大帅）余公镇蜀之九年，岁淳祐辛亥，太（平）有象，民物熙然。灯前三日，何东叔，（季）和，侯彦正，会亲朋，集少长，而游（其）下。酒酣笔纵，摩崖大书，以识岁月……

末尾尚有两三行之谱，仅有字画残余，无法辨认。考"淳祐辛

履 印

亥"乃南宋理宗淳祐十一年（西纪一二五一年），所谓"余公镇蜀"者，系指当时四川制置使兼知重庆府事之余玠。余玠字义夫，蕲州人，《宋史》中有传。蕲州者，今之湖北蕲春县。余玠治蜀，大有作为，合川之钓鱼城，即其所筑；当时蒙古势力已异常庞大，南宋岌岌乎其危，而川局赖以粗安。游飞雪崖者谓为"太平有象，民物熙然"，足征人民爱戴之殷。乃余玠本人即于辛亥后二年（宝祐元年癸丑）受谗被调，六月仰毒而死，史称"蜀之人莫不悲慕如失父母"，盖有以也。

这两则南宋题壁，颇可宝贵，手中无《重庆府志》，不知道是否曾经著录，所谓"二冯"亦不知何许人。在乾隆初年作《飞雪崖赋》的翰林对此已不经意，大约是未经著录的吧。我很想把它们捶拓下来，但可惜没有这样的方便。再隔一些年辰，即使不被风雨剥蚀，也要被信男信女们剜除干净了。

在题壁下留连了好一会儿，同行的三十余人，士女长幼，都渡过了岸来，正想要踏寻归路了，兴致勃勃地应对我说："下面不远还有一段很平静的水面，和这儿的情景完全不同。值得去看看。"

我几次来游都不曾往下游去过，这一新的劝诱，虽然两只脚有些反对的意思，结果是把它们镇压了。

沿着右岸再往下走，有时路径中断，向草间或番薯地段踏去，路随溪转，飞泉于瞬息之间已不可见。前面果然展开出一片极平静的水面，清洁可鉴，略泛涟漪，淡淡秋阳，爱抚其上。水中岩床有一尺见方的孔穴二十有八个，整齐排列，间隔尺余，直达对岸，盖旧时堰砌之废址。农人三五，点缀岸头，毫无惊扰地手把锄犁，从事耘植。

溪面复将曲折处，左右各控水碾一座，作业有声。水被堰截，河床裸出。践石而过，不湿步履。

一中年妇人，头蒙白花蓝布巾，手捧番薯一篮，由左岸的碾坊中走出，踏阶而下，步至河心，就岩隙流渐洗刷番薯。见之颇动食兴。

——"早晓得有这样清静的地方，应该带些食物来在这儿'辟克涅克'①了。"

我正对着并肩而行的应这样说。高原已走近妇人身边，似曾略作数语，一个洗干净了的番薯，慷慨地被授予在了她的手中。高原断发垂肩，下着阴丹布工装裤，上着白色绒线短衣，两相对照，颇似画图。

过溪，走进了左岸的碾坊。由石阶而上，穿过一层楼房，再由石阶而下便到了水磨所在的地方。碾的是麦面。下面的水伞和上面的磨石都运转得相当纡徐。有一位朋友说：这水力怕只有一个马力。

立着看了一会儿，又由原道折回右岸。是应该赶回土主场吃中饭的时候了，但大家都不免有些依依的留恋。

① 英文picnic，野餐的意思。

——"两岸的树木可惜太少。"

——"地方也太偏僻了。"

——"假使再和陪都接近得一点,更加些人工的培植,那一定是大有可观的。"

——"四年前政治部有一位秘书,山东人姓高的,平生最喜欢屈原,就在五月端午那一天,在飞雪岩下淹死了。"

——"那真是'山东屈原'啦!"

大家轰笑了起来:因为同行中有山东诗人臧云远,平时是被朋侪间戏呼为"山东屈原"的。

——"这儿比歇马场的飞泉如何?"

——"水量不敌,下游远胜。"

一片的笑语声在飞泉的伴奏中唱和着。

路由田畴中经过,荞麦正开着花,青豆时见残株,农人们多在收获番薯。

皓皓的秋阳使全身的脉络都透着新鲜的暖意了。

1942年10月25日夜

游　湖

　　一出玄武门，风的气味便不同了。阵阵浓烈的荷香扑鼻相迎。南京城里的炎热，丢在我们的背后去了。

　　我们一共是六个人：外庐、靖华、亚克、锡嘉、乃超、我。在湖边上选了一家茶馆来歇脚，我们还须得等候王冶秋，离开旅馆时是用电话约好了的。

　　一湖都是荷叶，还没有开花。湖边上有不少的垂柳，柳树下有不少的湖船。天气是晴明的，湖水是清洁的，似乎应该有游泳的设备，但可惜没有。

　　阵列着的一些茶酒馆，虽然并没有什么诗意，但都取着些诗的招牌。假如有喜欢用辞藻的诗人，耐心地把那些招牌记下来，分行地写出，一定可以不费气力地做成一首带点词调味的新诗，我保险。

　　时间才十点多钟，游湖的人已相当杂沓。但一个相熟的面孔也没有。大抵都是一些公务人员和他们的眷属，穿军服的人特别多，我们在这儿便形成了一座孤岛。

刚坐下不一会儿，忽然看见张申府一个人孤零零地从湖道上走来。他是显得那么孤单，但也似乎潇洒。浅蓝色的绸衫，白哔叽的西装裤，白皮鞋，白草帽，手里一把折扇，有点旧式诗人的风度。

——一个人吗？

——是的，一个人。

我在心里暗暗佩服，他毕竟是搞哲学的人，喜欢孤独。假使是我，我决不会一个人来。一个人来，我可能跳进湖里面去淹死。但淹死的不是我，而是那个孤独。忽然又憬悟到，屈原为什么要跳进汨罗江的原因。他不是把孤独淹死了，而一直活到了现在的吗？

张申府却把他的孤独淹没在我们六个人的小岛子上来了。我们的不期而遇也显然地增加了他的兴趣。

接着王冶秋也来了。同来的还有一位在美军军部服务的人，是美国华侨的第二代。

冶秋是冯焕章将军的秘书，他一来便告诉我们：冯先生也要来，他正在会客，等客走了他就动身。

这在我倒是意料中的事，不仅冯将军喜欢这种民主作风，便是他自己的孤独恐怕也有暂时淹没的必要。我到南京来已经四天，还没有去拜望他，今天倒累得他来屈就了。

十一时将近，游湖的人渐渐到了高潮。魁梧的冯将军，穿着他常穿的米色帆布中山服，巍然地在人群中走来了。他真是出类拔萃地为众目所仰望,他不仅高出我一头地,事实上要高出我一头地半。

我们成为了盛大的一群,足足有十一个人,一同跨上了一只游艇。游艇有平顶的篷,左右有栏杆,栏杆下相向地摆着藤机藤椅。在平稳的湖面上平稳地驶着。只有船行的路线是开旷的,其余一望都是荷叶的解放区。湖水相当深,因而荷叶的梗子似乎也很长。每一片荷叶都铺陈在湖面上放怀地吸收着阳光。水有好深,荷叶便有好深,这个适应竟这样巧合!万一水突然再涨深些,荷叶不会像倒翻雨伞一样收进水里去吗?要不然,便会连根拔起。

在湖上游船的人并不多,人似乎都集中到茶酒馆里去了。也有些美国兵在游湖,有的裸着身子睡在船头上作阳光浴。

湖的本身是很迷人的,可惜周围缺少人工的布置。冯将军说,他打算建议由国库里面提出五千万元来,在湖边上多修些草亭子,更备些好的图书来给人们阅读。这建议是好的,但我担心那五千万元一出了国库,并不会变成湖畔的草亭子,而是会变成马路上的小汽车的。图书呢?当然会有,至少会有一本缮写得工整的报销簿。

冯将军要到美国去视察水利,听说一切准备都已经停当了,只等马歇尔通知他船期。冯将军极口称赞马歇尔,说他真是诚心诚意地在为中国的和平劳心焦思,他希望他的调解不要失败。听说有一次马歇尔请冯吃饭,也谈到调解的问题,他竟希望冯帮忙。冯将军说:这话简直是颠倒了。我们中国人的事情由马帅来操心,而马帅却要我们中国人帮他的忙。事情不是完全弄颠倒了吗？

是的，马歇尔在诚心诚意图谋中国的和平，我能够相信一定是真的。就是他请的冯将军帮忙，我也能够相信是出于他的诚心诚意。但我自己敢于承认我是一位小人，在我看来，马歇尔倒始终是在替美国工作。中国的和平对于美国是有利益的事，故而他要我们中国人替他帮忙。要争取和平，中国人应该比美国人还要心切。事实上也是这样。不过争取和平有两种办法，有的是武力统一的和平，有的是放弃武力的和平；而不幸的是美国的世界政策和对华政策所采取的是第一种倾向。这就使和平特使的马歇尔左右为难了。消防队的水龙，打出来的才是美孚洋油，这怎么能够救火呢？

但我这些话没有说出口来，不说我相信冯将军也是知道的，只是他比我更有涵养，更能够处之泰然罢了。

中国人的一厢情愿自然是希望美国人帮忙中国人的解放，帮忙中国的建设，然而马歇尔可惜并不是真正姓马。

船到两座草亭子边上的一株大树下停泊了。冯将军先叫副官上岸去替每一个人泡了一盅茶来，接着又叫他买馒头，买卤肉，买卤鸭，替每一个人买两只香蕉。茶过一巡之后，副官把食物也买来了，一共是荷叶三大包。真是好朋友，正当大家的食欲被万顷的荷风吹扇着的时候。于是大家动手，把藤茶几并拢来放在船当中，用手爪代替刀叉，正要开始大吃。冯将军说：不忙，还有好东西。他叫副官从一个提包里取出了一瓶葡萄酒来，是法国制的。冯将军是不喝酒的人，他说，这酒是替郭先生拿来的。这厚意实在可感。没有酒杯，把茶杯倾了两盅，大家来共饮。不喝酒的冯将军，他也破例喝了两口。

这情形令我回想到去年七月初的一个星期日。在莫斯科，舟游莫斯科运河，坐的是汽艇，同游者是英国主教和伊朗学者，但感情的融洽是别无二致的。天气一样的晴明，喝酒时也一样的没有酒杯。转瞬也就一年了，在那运河两岸游泳着的苏联儿童和青年男女们，一定还是照常活泼的吧。当时有一位苏联朋友曾经指着那些天真活泼的青少年告诉我，那是多么可爱的呀，不知怎的世间上总有好些人说苏联人是可怕的人种。但这理由很简单，不仅国际间有着这样的隔阂，就是在同一国度里面也有同样的隔阂。有的人实际上是情操高尚，和蔼可亲，而被某一集团的人看来，却成了三头六臂的恶鬼，甚至要加以暗杀。问题还是在对于人民的态度上，看你是要奴役人民还是服务人民。这两种不仅是两种思想，而且是两种制度。只有在奴役人民的制度完全废除了的一天，世界上才可以有真正的民主大家庭出现。

值得佩服的是那位在美国军部服务的华侨青年，他对于饮食丝毫不进。听说美国军部有这样的规定，不准在外面乱用饮食。假使违背了这条规定，得了毛病是要受处分的。这怕是因为近来有霍乱的流行的缘故吧？平时在外间喝得烂醉的美国大兵是很常见的事，然而今天的这位华侨青年倒确确实实成为了一位严格的清教徒了。

把饮食用毕，大家到岸上去游散。不期然地分成了两群。冯将军的一群沿着湖边走，我们的一群加上张申府却走上坡去。一上坡，又是别有天地。原来那上面已经辟成了公园，布置得相当整饬。这儿的游人是更加多了。茶馆里面坐满的是人。有些露天茶室或餐厅，生意显得非常繁昌。也有不少的游客，自行在树荫下的草地上野食。

我们转了一会儿，又从原道折回湖滨，但冯将军们已经不见了。走到那大树下泊船的地方，虽然也泊着一只船，但不是我们的那只。毫无疑问，冯将军们以为我们不会转来，他们先回去了。我心里有点歉然，喝了那么好的酒，吃了那么多的东西，竟连谢也没有道一声。但我们也可以尽情地再玩了，索性又折回公园里去，到一家露天茶室里，在大树荫下喝茶。

秦淮河畔

在夫子庙的一家老式的菜馆里,座场在店后,有栏杆一道俯临秦淮河畔。

黄任老、梁漱溟、罗隆基、张申府都先到了,还有几位民盟的朋友。他们对于我这位不速之客开始都有些轻微的诧异,但经我要求也参加做东之后,却都欢迎我作一个陪客。我自己觉得有点难乎为情,又怕人多,坐不下,告退了几次,但都被挽留着。自己也就半分地泰然下去。

我是第一次看见了秦淮河。河面并不宽,对岸也有人家,想来威尼斯的河也不过如此吧。河水呈着黝黑的颜色,似乎有些腥味。但我也并没有起什么幻灭的感觉。因为我早就知道,秦淮河是淤塞了,对于它没有幻想,当然也就没有幻灭。河上也有一些游艇,和玄武湖的艇子差不多,但有些很明显地是所谓画舫,飘浮着李香君、葛嫩娘们的瘦影。

任老在纸条上写出了一首诗,他拿给我看。那是一首七律,题名叫着《吾心》。

> 老叩吾心矩或违？十年只共忆无衣。
> 立身那许人推挽，铄口宁愁众是非？
> 渊静被殴鱼忍逝？巢空犹恋燕知归。
> 谁仁谁暴诚堪问，何地西山许采薇？

（标点系笔者后加，第七句下三字恐略有记误。）

任老没有加上什么说明，我也没有提出什么探询，但我感觉着我对于这诗好像是很能够了解。

任老将近七十了，是优入圣域的"从心所悦不逾矩"的年龄，因而他唯恐有间或逾矩的危险。

十年抗战，共赋无衣，敌忾同仇，卒致胜利，而今却成为追忆了。团结生出裂痕，敌忾是对着自己，抚今思昔，能不怅惘？十年本不算短，然因此却嫌太不长了。

世间竟有这样的流言散布：当局将以教育部长一席倚重任老，用以分化民盟。因而，众口铄金，一般爱戴任老的人也每窃窃私议，认为任老或许可能动摇。这诗的颈联似乎是对于这种流言和私议的答复。我记起了当年的袁世凯似乎也曾以教育部长之职网罗任老，任老却没有入奸雄的彀中。

心境无疑是寂寞的，但也在彷徨。在政治协商会议开会的期中，任老的住宅曾被军警无理搜查过。这样被殴入渊的鱼，虽欲逝而实犹不忍。回到自己的岗位上去吧，职业教育运动是抛荒了。这芜旷了的岗位值得留恋，就跟春来的紫燕一样回到自己的空巢去吧？

义利之辨不能容你有丝毫的夹杂。孰仁孰暴，对立分明，而两者之中不能有中立的余地。像伯夷、叔齐那样，既不赞成殷纣王，又不赞成周武王，那种洁身自好的态度似乎是无法维持的。"何地西山许采薇？"是想去采薇呢？还是不想去呢？还是想而不能去呢？耐人寻味。

凭着栏杆，吟味着诗中的含义，在我自己的心中逐句替它作着注解，但我没有说出口来。诗是见仁见智的东西，尤其是旧诗。这些解释或许不一定就是诗人的原意，正确的解释要看诗人自己的行动了。

起初很想和韵一首，在心里略略酝酿了一下，结果作了罢。

无端地想起了熙宁罢相后，隐居钟山的王荆公，不知道他的遗址还可有些什么存在？

在中国历史上，尽管受着时代的限制，却能够替老百姓作想的执政者，恐怕就只有一位王荆公吧？王荆公的政策也不过想控制一下豪强兼并者的土地财富，使贫苦的老百姓少受些剥削，多吃两碗白米饭而已。然而天下的士大夫骚然了。这一骚然竟骚然了一千年，不仅使王荆公的事业功败垂成，连他的心事也整整受了一千年的冤屈。做人固不容易，知人也一样困难。这是农民与地主之间的类似宿命的斗争。地主生活和地主意识不化除，王安石是得不到真正了解的。在今天差不多人人都可以喊出"耕者有其田"的口号了，有的已在主张"战士授田"，然而假使你是地主，要你把自己的田拿出几亩来交给耕者或战士，看你怎么样？王安石已经寂寞了一千年，孙中山也快要寂寞到一世纪，遍地都是司马光、程明道，真正替老百姓设想而且做事的人，恐怕还须得寂寞一个时会的。

客人陆续地来了，黄延芳、盛丕华、包达三、胡子婴、罗淑章，还有两位我不知道姓名的。人太多，已经超过了十二位。梁漱溟先行告退了。我自己又开始感觉着未免冒昧，泰然的二分之一又减去了二分之一。

黄延老比任老要小几岁，但他们似乎是竹马之交。他爱用家庭的韵事来和任老开玩笑，有时竟把任老的脸都说红了。他也相当兴奋，为了下关事件说过好些慷慨激昂的话，又说任老是他所最佩服的人，任老的话就是他的"上谕"。

——郭先生、罗先生，黄老念念不忘的是昨晚上我们到医院的访问：你们要交朋友吗，罗？任老是顶够朋友的，我老黄也是顶够朋友的。

任老把黄延老和我的手拉拢来，说：好的，你们做朋友。

我只客气地说：我把你们两位当成老师。

——周恩来是值得佩服的啦，我感谢他，他昨晚上送的牛奶，我吃了两杯啦。

——任老，你这样穷的时候，还拿钱来请客，我心里难过。将来回到上海的时候啦，我要还席，就在我家里啦。任老，就请你约同郭先生、罗先生、章先生、诸位先生……

上了席后，差不多还是黄延老一个人在说话，喝酒也很豪爽，连我戒了酒的人都和他对了几杯。

任老对我说：不是单纯的商人，他对于教育很有贡献。假使谁有子弟的话，他所创办的位育中学是值得推荐的。你可以安心把子弟寄托在那儿，断不会教育成为坏人。

这话令我回想到我自己的孩子。在上海的，还小。在日本的，一时还不能回国。我问有没有小学部？据说没有。要把自己的子弟教育成为一个不坏的人，实在是今天每一个人的切身问题。伪善者滔滔皆是，尽力在把别人的子弟豢养成鹰犬或者奴才。实在是伤心惨目！

秦淮河里面忽然有歌吹声沸腾起来。我的耳朵听不清楚是什么内容。想来大约也不外是小调或平剧之类吧。

有一位朋友嫌其嘈杂，加了一句厌恶的批评。但黄老却满不在乎地说：这满有意思嘛。

是的，我也感觉着应该满有意思。在我脑子里忽然又闪出了一个想念：在十年二十年之后，这秦淮河的水必然是清洁的，歌声可能要更加激越，但已经不是人肉市场了。

这是我对秦淮河的另一种幻想，但我不相信它会幻灭。人民得到翻身的一天，人民的力量是可以随处创造奇迹的。

——这满有意思嘛!

我渴望着:在十年或二十年之后再游那样的秦淮河,而任老、萁老和列位诸老,也都还健在。

长沙哟，再见！

春天渐渐苏醒了。

在长沙不知不觉地便滞留了二十二天，认识了不少的友人，吃过了不少的凉薯，游过了三次岳麓山，在渐渐地知道了长沙的好处、不想离开的时候，偏在今天我便要和长沙离别了。

古人说：长沙乃卑湿之地。不错，从岳麓山俯瞰的时候，长沙的确是卑。在街上没有太阳而且下雨的时候，长沙的确是湿。但我在长沙滞留了的这二十二天，却是晴天多雨天少，长沙所给予我的印象，并不怎么忧郁。

可不是么？那平淡而有疏落之趣的水陆洲，怕是长沙的最好的特征吧。无论从湘水两岸平看，无论从岳麓山顶俯瞰，那横在湘水中的一只长艇，特别令人醒目。清寒的水汽，潇舒的落木，淡淡地点缀着，"潇湘"二字中所含的雅趣，俨然为它所独占了。或者也怕是时季使然吧。假使是在春夏两季之交，绿叶成荫的时候，或许感触又有两样吧。

春天渐渐苏醒了，在渐渐知道了长沙的好处、不想离开的时候，偏在今晚就要离开长沙。

但我在离开长沙之前，却有一个类似无情的告别。

我此去是往武汉的，虽然相隔并不远，但我在最近的时期之内却希望不要再到长沙。

我希望我在年内能够到南京、上海，或者杭州，或者是济南，或者是北平。能够离开长沙愈远便愈好。

待到国难解除了，假使自己尚未成为炮灰，我一定要再到长沙来多吃凉薯。率性就卜居在我所喜欢的水陆洲，怕也是人生的大幸事吧。

春天渐渐苏醒了，我同南来的燕子一样，又要飞向北边。

长沙哟，再见！

1938年2月28日在警报中草此

峨眉山下

我的故乡是在峨眉山下,离嘉定城有七十五里路。大渡河从西南流来,在峨眉山的第二峰和第三峰之间打了一个大湾,又折而向东北流去。因此我的家所在地,就名叫沙湾。地在山与水之间,太阳是从大渡河的东岸出土,向峨眉山的背后落下去。

山很高,除掉时为浓雾所隐藏,或冬天来很早就戴上雪帽之外,一片青苍,没有多么大的变化。

水流虽然比起上游来已经从群山之中解放了,但依然相当湍激,因此颇有放纵不羁之概;河面相当辽阔,每每有大小的洲屿,戴着新生的杂木。春夏虽然青翠,入了冬季便成为疏落的寒林。水色,除夏季洪水期呈出红色之外,是浓厚的天青。远近的滩声不断地唱和着。

外边去的人每每称赞这儿的风景很好。有山有水,而且规模宏大,胜过江南。论道理是该有它的好处,但不知怎的,我自己并不感觉着它的美。这或许是太习惯了的缘故吧?我到十三岁下乐山城读书为止，每天朝夕和它相对，足足十三年，怕因此使我生出了感觉上的麻木吧？

真的，就是现在，我对于它也没有留恋。旧时代的思乡情绪，在我是完全枯涸了。或许是不应该，但我不想掩饰。倒是乐山城的风物，多少还有使我留恋的地方，那便是乌尤山附近和那对岸的大坝。其所以使我留恋者倒并不因为故，而是因为新。

我在乐山城住小学、中学，一共住了四年，奇妙的是和城仅隔一衣带水的乌尤山，我却一次也不曾去过。

乐山城本身并没有什么好处。虽然王渔洋说过"天下之山水在蜀，蜀之山水在嘉州"，但这所说的应该不是指城的本身吧。

大渡河和南下的岷江在城的东北隅合流而东行，和城相对的北岸有凌云山、乌尤山、马鞍山，鳞次而立，与西南面的峨眉三峰遥遥相对。在凌云山上有唐代韦皋镇蜀时海通和尚所凿成的与山等高的石佛，临江而坐。山顶又有苏东坡的读书楼。因此这个地方一向便成为骚人墨客所好游的名地。

乌尤山本名乌牛山，以山木葱茏、青翠之极有类于乌，而形则似牛，故名乌牛。一说秦时蜀郡太守李冰所凿离堆即此。它是与岸隔绝了的一座孤耸的岛屿。由乌牛而乌尤，是王渔洋使它雅化了的。山上有乌尤寺，有汉代郭舍人注《尔雅》处的尔雅台。论山境的清幽，乌尤实在凌云之上。

奇怪的是我在乐山读书的四年间，正是我十三岁至十六七好游的少年时期,我虽然常常往游凌云,而却不曾去乌尤一次。游乌尤,是在抗战期中回乡,离开了故乡二十六年后的一九三〇年。凌云是彻底俗化,而且颓废了。石佛化了妆,一个面孔被石灰涂补得不成名器。东坡楼住着些散兵游勇。洗砚池是一池的杂草。但乌尤山却给予了我新鲜的感触。毫无疑问,是要感谢我是第一次的来游。

乌尤寺同样带着浓厚的俗气,并不佳妙。但山的本身好,树木好,山道好。尔雅台在危崖头,下临大江,在林深箐密中只能听得下面的滩声,而看不出流水,那也恰到好处。我就喜欢这些。晚间或凌晨,在那山下浮舟,有一种清森的净趣,也很值得玩味。

王渔洋所赏识的应该是这些地方吧?只有这些还使我有些系念。那山对岸的胡家坝,一片空阔也令人有心胸开朗之感。但这情趣也是我在一九四〇年回乐山时才领略了的,学生时代也不曾前去玩味过。

假使要把范围放宽些,乐山城也应该可以说是我的故乡。但不应该得很,我对于它怎么也引不起我的怀乡病了。是我自己的感情枯涸了吗?还是时代使然呢?

峨眉山对我倒还保持着它的神秘性。我虽然在那山下活了十几年,但不曾上过山去。因此它的好处,实在我也不知道。专为好奇心所驱遣,如有机会去游游金顶,我倒也并不反对。峨眉山之于我,也仿佛泰山之于我一样了。

1946年12月22日

忆成都

离开成都竟已经三十年了。民国二年便离开了它，一直到现在都还不曾和它见面。但它留在我的记忆里，觉得比我的故乡乐山还要亲切。

在成都虽然读过四年书，成都的好处我并不十分知道，我也没有什么难忘的回忆留在那儿，但不知怎的总觉得它值得我怀念。

回到四川来也已经五年了，论道理应该去去成都，但一直都还没有去的机会。我实在也是有些踌躇。

三年前我回过乐山，乐山是变了，特别是幼年时认为美丽的地方变得十分丑陋。凌云山的俗化，苏子楼的颓废，高标山的荒芜，简直是不堪设想了。

美的观感在我自己不用说是已经有了很大的变迁，客观的事物经过了三二十年自然也是要发生变化的。三二十年前的少女不是都已经成了半老的徐娘了吗？

成都，我想，一定也变了。草堂寺的幽邃，武侯祠的肃穆，浣花溪的潇洒，望江楼的清旷，大率都已经变了，毫不容情地变了。

变是当然的，已经三十年了，即使是金石也不得不变。更何况这三十年是变化最剧烈而无轨道的一世！旧的颓废了，新的正待建设。在民族的新的美感尚未树立的今天，和谐还是观念中的产物。

但成都实在是值得我怀念，我正因为怀念它，所以我踌躇着不想去见它，虽然我也很想去看看抚琴台下的古墓，望江楼畔的石牛。

对于新成都的实现我既无涓滴可以寄予，暂时把成都留在怀念里，在我是更加饶于回味的事。

1943年2月13日

浪花十日

　　浪花是日本千叶县面着太平洋的一个村子，离我现在住着的市川，只有三个半钟头的火车的路程。去年暑假，在那村子所属的一个海岸上的村落名叫岩和田的，住过十天。这儿摘录下的便是那几天的日记。

　　日本的中、小学放暑假的日期不同，中学是在七月二十边，小学是八月一日。大的三个孩子都在东京的中学念书，一放暑假，他们的母亲便把他们和顶小的一个儿子带到海边去了。她的意思自然是想要他们在海岸上多锻炼几天，尤其为着顶大的和儿自八月十一号有高等学校试验班的暑中讲习，不得不提前回家的缘故。但还在小学念书的四女淑子便不得不留在家里和我再住几日。

　　我在七月三十一号把淑子送往海边，八月十号同和儿一道回来，算在浪花前后住了十天。

1935年6月4日

三十一日

午前十时左右，淑子抱着书包由学校回来了。昨天放学回来的时候她总说明天还有课，要到后天才放假，但她那小心的推断却是错了。既是今天放假，那今天是应该把她送到海岸上去的。离开了母亲的孩子，尤其女儿，总要失掉些她们的明朗性，带起淡淡的凄寂的调子来，有点怪可怜见。就早半天也好，早一个钟头也好，我定要赶着把她送到她母亲那儿去。这样一下了决心，我便让女儿守着家，一个人到外边去作些出发的准备。

在下着微雨。穿着长统的橡皮靴到邻近的森老人家里向他告诉了动身的话，叫他当天下午便移到我家里来住。又在一家饮食店里为淑子订了一碗"亲子井"（Oyakodomburi——有烹熟了的鸡肉"亲"和鸡蛋"子"盖在上面的一斗碗饭），叫正午时送去充她的午餐。

在市川的背街上F面包店买了一块钱的盐饼干和其他杂色的糖点，叫装在镔铁罐里送到我家里去。接着又转上正街。在市川车站前面的一家眼镜铺里，替和儿配眼镜，他的近视眼镜有一边的镜片落下海里去了，是前天寄回来叫配的。直径约有一寸半的大而圆的镜片要切成小小的椭圆形，觉得很可惜。

利用着眼镜切制的时间，我跑到一家理发店去剪了发，又到小学校前的平和堂去替淑子买了四切的画纸八张，六切的画纸三十二张，蜡笔十二色的一匣，四年生夏季练习簿二册——是她要拿到海岸上去用功的。

回到眼镜铺时，眼镜已经配好，店里的挂钟已经十二点过了。

肚子本来不怎么饿，只是觉得早迟总有在那儿吃顿中饭的义务，便顺便折进了街头的一家鳗鱼食堂里去。食堂里一个人也没有，只有放送着消息的"雷曲"（收音机）在那里喧嚣。报道的像是关于满洲的事情，在我这重听的耳里，只听见有些"支那"和"满洲"的字样。我拣着在一只角落里坐下了。一个下女端了一杯茶，走来打着招呼。我先叫她把那"雷曲"关了，回头又才叫了一碗鳗鱼饭和一杯鳗脏汤。下女说鳗脏汤要多费些时刻，我便索性叫她替我煮两合日本酒来，想多少来浇一下和那阴雨一样浸润着我这身内身外的苍凉的感觉。

下女把酒煮来了，配了一小碟下酒的盐豌豆，她替我斟了一杯，便毫不客气地坐在我对面的椅上。用不着一口便可以干的小酒杯，只要一干，她便替你斟上，弄得我有点怪烦腻起来。我请她不要管我，让我自斟自饮，她看了我一眼也就立起身走了。眼睛的意思是说："你公然看不起我。"

把茶杯来代替酒杯，喝了几杯之后，饭也送来了。带着有几分烦躁性的无聊更受了酒的鼓舞，把饭胡乱吃着，又叫了两合酒来，一面吃饭一面喝。

那位下女似乎有意思向我报仇，她没得到我的同意，又把那收音机打开了。

"……满洲……支那……膺惩……不逞……非常时……帝国……"

一批轰轰烈烈的散弹向我的破了的鼓膜打来，显然是一位军人的讲演。

饭只吃得一半，第二壶酒也只喝得一半，我实在没有本领再吃喝下去了。并不是我这已经年逾不惑的人还感着了青年时代的爱国义愤，我实在恨我这耳朵的半聋，听又听不清晰，只是一些断残的电码打进我的脑筋，使我这够烦乱的脑筋愈见化成为了一些杂乱的观念的旋涡。

叫会账。结果是吃了一块六毛钱，心里不免叫了一声冤枉。进面馆里吃两碗馄饨，不也一样可以充饥吗？无聊，无聊，万分的无聊。

在三分醉意、七分懊恼的情怀中出了食堂，到了一家肉店去买了三斤猪油，又想到黄油也是海岸上写信来要买的，折回F面包店去买了两包。问得刚才的饼干还没有送去，便把猪油包子一并交给了店主，托他一并送。因为我又想到在正街上还有一样东西好买，是海岸上写信来要的照面镜。跑到正街上的一家店里去买了一面，费了七毛钱。

我的记忆力怎灭裂到了这样呢？简直像一匹阿美巴，向东放出一只假足出去，缩回来了，又向西放出一只。

回家时已是午后二时，屋后的无花果树熟了两颗，如拳头大，摘来与淑子分而食之，味甚美。把家中收拾了一回，留守的森老人也来了，但是托F店送来的东西却还没有送来。乘自转车送来，是费不上五分钟的。……等吧，等得焦躁起来了，又在焦躁中尽等。等到了四点钟都还不见送来，只得把长统靴拖着跑出去催。原来是那店主人忘了。

五时顷在市川驿搭电车，不上十分钟便到船桥。在船桥改乘火车，五点半钟出发，六时至千叶。换车等了半个钟头，六时二十九分又由千叶出发，九时半抵御宿。

在淡淡的电灯光中的御宿车站外的空场上，一个人也没有。托车站上的人向汽车行打电话，隔了一会儿来了一部可以坐三十个人的公共汽车。我自己心里惊愕着，不知道这样大一部车送我父女两人到浪花村的岩和田去究竟要多少钱。原来车子虽大，却只要六毛，自然使我放了心。不上十分钟我们便被送到了目的地点。

儿子们都已经就寝，只有他们的母亲起床来迎接了我们。因为晕车，一上车便把眼睛闭着的淑子，这时候见了她的母亲，就像开了拴的电灯。

我顶关心小的一个儿子。在家时，我是时常抱他，看守他的。我揣想他到这海岸上，十天没有我，一定不惯。我问他的母亲：

——"我不在，鸿儿没有什么不惯吗？"

我所期待着的答语是："是的，他不惯，他想到你便罗唣。"

然而，却不然。

——"没有。我们问他'爸爸呢'？他说'逃走了'。"

八月一日

五时顷起床。在市川时日日苦雨，至此始见晨曦。

屋小，南向，屋前有山如屏立，树甚蓊郁。左侧有连峰耸立，在最高峰之将近山腹处有神社一座，据云是大宫神社。高峰和东侧的窗口正对着，由窗口所界画出的一幅山景，俨如嵌在镜框里的一幅油画。峰头的天宇好像伸手可攀，有白云点散，瞬复融成一片。

到处都有的是苍蝇，是猫，是蚊子。蚊子白昼噬人。

屋前有一片空庭，周遭有无花果树，碧实在枝头累累，但仅大如鸽卵。无花果该是早熟的时候，闻因今年多雨，故未成熟。

安娜一早便到海岸去买了一篮生鱼回来，同时又买了些蝾螺和鲍鱼。

以蝾螺作"壶烧"。所谓"壶烧"者即将活的蝾螺，连壳在火上炮烙之。蝾螺遇热，即涌出多量水液于其介口停积，如壶之盛浆然。待其水液将干则蝾螺已死，其肉即易取出，拌酱油而食之，脆爽可口。唯其所附着之外套膜则须除净，如不除净，其味颇苦。

早饭吃鲜鱼味噌汤，生鲍鱼片，蝾螺壶烧，大有原始的风味。

早饭后负鸿儿出，步至前山下。山下有一曲池塘，有小鱼在水面喋呷，长可二寸许。池边有大树一株，依山而立，罩临池上，叶色浓碧，堆砌如云。初不知为何树，就视始知是银杏。

佛儿与淑子跑来，先跑上大宫神社去了。我也折向那儿。有莺在树丛深处啼。佛儿说："是'薮莺'（yabu-uguisu）啦，在叫。"他跟着便ho-ho-gekkio地学了一声。莺声便中止了。儿辈走后，山境复归沉寂，莺复缓缓作声。初仅ho-ho地略作尝试，试啭二三遍后始见调匀。

在神社前站着向西南展望，左侧的海湾和海岸，右侧的御宿街市，远远呈示着。日光颇类秋阳，无盛暑意。空气中有乳糜晕。

下山由屋前通过，左转折下海岸。浴客甚寥寥。

遵海而行，东手有浆岩的石山直达至岸。穴山为隧道者二，一稍浅，一深十余丈。深者甚阴湿，顶上有泉水滴下。通过隧道后有一面狭窄的沙岸，渔人们在岸上勤于补网。路径渐与海岸离别，爬上邻比的小山顶上蜿蜒去了。但离开正道，在对面临海的山脚处又现出一个洞口。我便横过沙岸，向那洞口走去。洞道曲折，前方不可透见。步入后，鸿儿生畏。一面宽慰之，强负之而行。洞中幽暗，几不辨道路，稍一转折，始透见前光。海声轰隆如雷鸣。原来这是渔业公司的养畜池。所谓养畜者，乃购买渔人所捞获，暂时寄养着，凑足，始运至东京等地推销者也。山石因是浆岩，容易贯凿，洞中临海一面凿成无数龛形，复有甬道相联，俨如画廊。海水涌至，因洞穴之共鸣与反响，其声音增大至数倍。海浪声中亦杂有人声，宏大如留声片中之黑头。盖洞中有办公室，公司执事人之对话也。洞口前有堤防一道，海水掩蔽其上可寸许，意当退潮时水必陡落。堤防之内为一深池，盖即所谓养畜池。沿堤防而行，又可至对岸山脚。欲行，方踏出数步，鸿儿即大啼，只得折返。

鸿儿说："海，可怕。"

这的确是一个实感，连我自己也都觉得可怕。凡是过于伟大了的东西，总是要令人生畏的。希腊的海神Poseidon并没有带着美人的面孔。

午饭后骤雨片时，译《生命之科学》四页。

晚餐用得特别早，安娜叫儿们准备作木钓竿。大的两个儿子各有一套钓竿，长可七八尺，是两截木棍斗成的，下截粗，上截细。但与其说是钓鱼竿，宁可说是打狗棍。我起初不知道是作什么用。到了海岸，看见他们各把一大卷钓缗解开来盘旋在沙岸上。钓缗极长，缗端着钩处系一重实的铅环，这尤其使我有些莫名其妙。但疑团立刻冰释了。他们把那铅环来套在那木竿上，铅环的孔能够自由地通过上截的细棍，但不能够通过下截的粗棍。他们举起棍，由离海岸四五丈远处跑向海边去，将竿上的铅环乘势抛向海中，铅环便如铅弹一样飞去，将钓缗曳出可至十余丈远。随手便将竿抛去，理岸上钓缗。

看着这样的情形，我自己也不免破颜一笑，觉得这种钓法，很是别致。据安娜说，儿子们前天在岸上看见有人作这样的钓法，钓到一两尺长的大鱼。他们是昨晚才去把钓具买了来的。我的更进一步的快乐，不用说便是要看到他们钓上一两尺长的大鱼来了。

和儿的钓缗挽上了一次，但只挽上得那个铅环和空的钓钩。在他换上钓饵，准备作第二次投钓的时候，有一位老人领了两位十岁上下的女孩子到海岸上来。她们也为好奇，立在旁近观看。和一准备停当，又照样作势投去的时候，铅环飞得不得力，只飘飘地落进了离岸五六丈远的海中。原来岸上的钓缗被一位女孩子踏着，一投便把钓缗振断了。一场高兴和落进了海中的铅环一样，成了一个空。带领着女孩子的老人告了罪，扫兴地走了。博儿的钓缗也没有收获，便把来收拾了起来。

儿辈都在沙岸上跳跃，凿穴，做种种的游戏。小小的鸿儿也跟着在沙中游戏。他的母亲说："这孩子只要有沙玩，他是整天都不倦的，连脚也不晓得痛。"

坐在沙上，受着当面的海风，在凉意之中挟着温暖的感觉。海水和岸沙昼间所吸收了的太阳热，在这时候正在发散。那发散着的潜热和海风的凉度调和了，刚好到了适人的程度。

岸上的远村和近村都上了灯火。西手的灯火稠密处，有四盏灯一直线地由上而下排列在一座山上。

——"那四盏灯在登山啦。"我莫名其妙地说着。

——"那是神社，"安娜说，"你看这边也有一串。"

回头看到岩和田的一座小山上果真也有一串，但只三盏。

西手的那灯火稠密处在放花炮，岩和田也遥遥相应。

临海的山影渐渐转浓，终竟和星影全无的暗空融成了一片，登山的电灯们成为了登上天的星宿。

二　日

天气快晴。

晨五时安娜便督促着儿们起床，叫他们开始用功，说在午后同到波都奇去。我也起了床又开始翻译。

午饭用后往波都奇。博儿背着鸿，他们兄弟五人先走着，安娜和我在后面跟随。

走到海岸，穿过了东手的两条隧道之后，又翻过了一匹山，山虽不高而径颇陡峭。山下现出了一片海湾来，有几个儿童在海中沐浴。走下海边时，儿们却不在。

安娜说："是到大波都奇去了。这儿是小波都奇，再往前面一个湾是大波都奇。那儿要更清静些。"

沙岸上仍然晒着网，一位渔夫在坐着补缀。又有一位十六七岁的童子，用橡胶线套在一些竹片上做成了一枝弩枪，像埃及人的跪法一样，跪在岩脚下用砂粒来打一匹伏在岩壁上的蚂螂。我伫立着看他，但瞄准尚未定，蚂螂飞了。飞不远又伏着时，童子又瞄准。打了一发，却没打中。我笑了，他也回过头来，向着我发了一笑。牙齿分外地白。

履 印

又翻过了一匹小山，这次的路，愈见倾斜，愈见狭隘了。烈日在头上燃烧，汗水不断地浸出。

——"走这样多的路来洗海水澡，未免太吃苦啦。"

——"去年是每天都来的，我还背着鸿儿。"

——"何苦呢？"

——"这边的海水清洁的多，又有岩阴，可以让鸿儿睡午觉。"

——"隔得几天来一次倒还有意思。"

——"凡是天晴是每天都来的。"

我觉得她的母性爱未免太浓厚了，一天的吃食浆洗已够劬劳，还要为着海水的清洁和地方的幽静，在烈日光中背着儿子跑这种陡峭的山路。

由山谷步下海边，海湾的面比小波都奇更狭，但的确更加幽邃。远远看见儿女们都在右手的岩礁上坐着。

——"哦，的确有翻过两匹山来的价值！"我赞叹了一句，又大声地向着儿们叫了一声。小小的鸿儿在岩礁上站立起来，也在叫着，表示欢迎。

我们也走到岩礁上坐下了。

安娜一面拂着自己额下的汗珠，一面说："这儿简直是自己的世界！"

两侧的岩臂向海中伸出，把海湾抱着。中段陡峭的沙岸上堆着些笊篱和破旧的衣服，有两三个小儿在那儿坐着。

儿们都下海去了。我也想下海去，但我没准备浴衣，穿着湿裤回去是不舒服的。安娜劝我索性脱了下去。我照着她的说法，在沙岸上把短裤脱了，就和才生下地来的一样，一丝不挂地跳进了海中。

岸边因有岩壁环抱，岸沙堆砌得陡峭，碧绿的湾水便形容得很深。但跳下海去却也平常。

在海中凫不一会儿，有一只渔船向着湾子回来了，船上都是赤裸的海女。原来岸上的筐篮和破衣服都是海女们留下的，我起初疑心是乞丐的几位小儿才是等着他们的母亲的渔家的儿女。

我赶快跑上海岸把短裤穿上了。

海女们在船上大笑了起来，笑的声音和海浪一样清脆，牙齿和浪头一样的白。

船要抵岸时，大多数的海女都各人抱了一个鼓形的小木桶跳下了海，凫上岸来，只让一二人在船上掌桡。

她们凫上了岸，把船也帮着拖上了岸来时，我走向船去，想看她们所捕获的是什么。

她们一看见我走拢去，又爽脆地轰笑了起来。

——"你怕我们女娘子，你把来藏着了。哈哈哈……"

——"你怕什么啦，连我们都不怕啦。啊哈哈哈哈哈哈……"

——"檀那，你真白净啦！"

——"你又白又嫩啦。"

——"有点像鳗鱼啦。"

——"像海参咯，啊哈哈哈哈哈……"

笑得我真有点害臊了。

她们所抱的鼓形小桶原来是浮标，是中空的，下边系着一个网袋。网袋里面都装着蝾螺和鲍鱼。

那些海女多是三四十岁的人，年轻的只有二十来往的。头上勒着印蓝花的白布帕，项上挂着一副潜水眼镜，下身套着极紧扎的红色短裤。除掉这点短裤之外完全是裸体。皮肤是平匀的赤铜色，全身分外呈着流线型而富于弹性，大有腽肭兽般的美感。

一群雌的腽肭兽正笑个不止的时候，独有一位最年轻的，她却没有笑。她听见别人说"又白又嫩啦"，把她那黝黑的眼睛举起来看了我一眼，接着又埋下去了。眼睛黑得比海水还要深。

安娜已经带着鸿儿到左手的岩阴下去了，儿女们都聚集在那儿附近，我把海女们的笑声留在背后，向那边跑去。

——"那些海女们大笑了我一场。"

——"为什么呢？"

——"因为我看见了她们回来，赶快上岸穿上了裤子。"

安娜也笑了。她又说："这儿的海女们，性欲是很强的。一两个男子遇着了她们的一群，只好逃走。中年的海女假使成了寡妇，没法满足时，听说在夜深都得跑到海里来浸。"

——"她们提的鲍鱼和蝾螺是可以买的吗？"

——"那是不能明买的，除非是私下偷卖。海产的权利是官厅所有，公司把那权利购买了。凡所采获的虾、鲍鱼和蝾螺之类都要送到公司，由公司给与规定的采获工钱。譬如给了五毛钱的工钱和五毛钱的权利金，本钱算只花了一块钱的鲍鱼，我们向公司里买，便须得费四五块钱。"

——"她们抱的那个桶子，潜下海时是系在身上作救生带用的吗？"

——"不是那样的。那桶下有网袋，是装鲍鱼和蝾螺的。鲍鱼在海底，很深，通常大抵是男子取。海女只在二三寻深处捉那贴着的蝾螺。她们潜下去，停一下又凫上来，抱着桶子休息。一个大汉要取一个鲍鱼，有时要潜水三两次。"

——"一次可经得多久？"

——"至多怕只得五分钟吧。"

听见了这席话，顿时感觉着那些嬉笑着的海女们的天真，只是在苦海里浮沉着的愚昧。人是的确为一部分垄断的人所臐朒兽化了。

臐朒兽们上了岸，在岸上烧了柴火来取暖；隔不一阵又纷纷上船，划到湾外去了。

我们也从左侧的岩礁折回右侧的来。这右侧的岩礁是坦平的，呈着五层的阶段。在第三层上有一个一寻见方的方池，只有几寸深，中间安置了一个大的天然石。我觉得这是人为的，安娜以为是天成的。但天成的哪有那样的规整呢？那或者是原始时代的渔民所崇拜的生殖神吧？

坐在天然石上，想到这两天来似乎把这浪花村附近的好处已经领略完了，打算明天便回市川去。

——"我打算明天回市川去。"我对安娜说。

——"你何不多休养几天呢？"安娜劝着说，"到十号同和儿一道回去吧。"

——"这儿的好处都看完了，但多住下去，刑士会来麻烦你们。"

——"等来了之后再说吧。"

博在右侧岩腰处画水彩画。画好了走转来时，不注意地踏上石礁上的青苔滑了一跤，仰倒在岩石上，后头很受了跌打，一时竟站不起来。画匣子也跌破了。赶快下去把他扶起来，一场高兴扫去了一半。我担心博是起了轻微的脑震荡，把一张手绢蘸湿，顶在他的头上。

安娜把儿女们都招呼了拢来，准备回去。她背着鸿儿，和佛儿、淑子先走了。我与和儿扶着博，让他慢慢地走。

太阳还是灼灼的，隔着刨花帽晒得头痛。

三　日

晴。

五时顷起床，在庭内劈柴。长段的木柴横在地面上，用长柄斧头当腰纵劈之。虽然用尽了力气，但十斧有九斧是打在地面上，不要说运斤成风要斫鼻上的泥臋，竟连劈这样大的柴头，我都赶不上我的老婆。

午饭前负鸿儿到海滨，在港堤上走了一回。有两个男子携着小叉往海里去叉鱼。腰上各有一条长绳系着一个小竹筒在末梢，在背后的水面上浮着。我问堤上的一位渔夫那小竹筒是什么用意。据说那是用来穿鱼。

回寓后看见有两个穿黑羽纱洋服的人在垣外探头探脑地窥伺，一个肥黑而多髭，一个苍白而尖削。一眼便知其为刑士，心中颇不快。

少顷，肥黑者走进来求见，果然是地方上的刑士。口称他们是来"保护名士"的。

我告诉了他，说在此只短住三五天，便回市川，不必大惊小怪地惹得邻近的人都不安宁。

刑士先生也还客气，坐不五分钟，也就走了。

译得《生命之科学》十二页。

五　日

午前译《生命之科学》十页。

午后全家又赴小波都奇。今日浪头甚高，海水不能入浴。我一个人往大波都奇，想证实我那个生殖神崇拜的观念。在右手的巨石上坐着，又遇着那一批海女凫水回来了，真像一群海豹。但我没有再去惹她们的勇气了。

岩礁约略形成五段，如王庭，半是天成，半由人力，处处有钻凿痕可见。中段坦平，正中的一个正方形的洼陷亦由人力而成，其中立一巨石。这无论怎么是人为的一种东西，要说是系船用的，但那附近都是岩石，不好泊船。船如泊上，被浪头冲打，会在石上碰破的。我始终相信这一定是原始时代的生殖器神。

在巨石上站立起来，望见左手那股岩石上像虾蟆张口的一个洼岩框，昨天在那下面捕过蟹的，和巨石正遥遥相对。顿然悟到这一定是一雌一雄。

六　日

昨夜做一奇梦，梦见在南昌的东湖边上受死刑，执枪行刑者为我的一位朋友。

醒来，头真如着铅弹。盖以洋装书做枕头而睡，故生此幻觉。

午前徐耀辰来信，说岂明先生欲一见，问我几时可回市川。以十号前后回去的消息答复了他。岂明先生的生活觉得很可羡慕。岂明先生是黄帝子孙，我也是黄帝子孙。岂明夫人是天孙人种，我的夫人也是天孙人种。而岂明先生的交游是骚人墨客，我的朋友却是刑士宪兵。岂明此时小寓江户，江户文士礼遇甚殷，报上时有燕会招待之记事。

意趣很郁塞，十时顷负鸿儿出交信，淑子相随。在街头遇着前天来寓的那位刑士，他说了一声"今天天气好"。

淑子要采集海藻标本，同到海岸上去帮她采集。

因为睡眠不足，头脑异常的沉闷。我让淑子在岸头看着鸿儿，跑下海里去浸了一下，今日浪头仍未平。大约是不曾见过海的古人所造出来的谣言，爱说"无风不起浪"，其实在海里是惯爱无风起浪的。忽然间在昏瞶的脑中浮出了两句诗样的文字：

举世浮沉浑似海，
了无风处浪头高。

七　日

午饭时分从海上回来，淑子远远跑来迎接着我说是有客。是三位中国学生。一个L君我认识的，其他的两位却是初见。

L君说他们一早到了市川，那位森老人把地址告诉了他们。他们是在御宿前一站的浪花下了火车，又坐汽车跑来的。我觉得他们这一错也错得妙，没有从御宿下车，正好免掉了或许会有的麻烦。

他们的来意是要出一种文学杂志，托我在上海替他们介绍出版处。我答应了他们，叫他们把条件等等商议好，我在十号回市川，到那时便替他们办理。

今早安娜烹了一只鸡，预备午饭时吃的，恰好供了客菜。

八　日

今晨起来，安娜说"今日大潮"。——所谓"大潮"乃大退潮也。早饭后把淑子和鸿儿带着到海岸上去。海水真是退得很远，显出了很多浅浅的岩礁来。有许多大人和孩子在那浅水处捡拾一些来不及退却的鳞介。但我们来迟了，只见一些水荡里有些小小的沙鱼（日本叫着dabo）。淑子也热心地用两手来捞沙鱼。捞了一阵，有一位浴客把自己的葛巾中包着的一匹小章鱼给了她，没说一句话便走了。仔细看去，很像是中国人，或者怕是台湾的黄帝子孙吧？

一匹小小的章鱼添上了无限的情谊。

淑子得到了章鱼，她便想连忙拿回去夸示。她对我说："回去不要说是人家给的。"

她这点无邪气的要求，我费了小小的踌躇，但也应允了。

拿回家去，她说是她自己捉的。她的三个哥哥听了都欢天喜地，连她的母亲也在面孔上呈出了一段光彩。

但在我自己的心中却不免生着苛责，我觉得是误了女儿，欺了妻子，辜负了那位送鱼的人。不该，真是不该。

九　日

午前安娜携着儿女出海岸，我一人留在寓里译书。她说，打算到近村的大东去，看好地址预备明年好来，明年是不再到岩和田来了。但她们出去仅仅两个钟头的光景便转来了。大东太远，没有去成。今天仍然是"大潮"，他们也捡了些鱼介回来。有一匹章鱼比昨天的还大。

午饭后大的三个儿子出去画画去了。乘着鸿儿在午睡，我把淑子携着去看"日、墨、西交通纪念碑"。这碑立在临海的一座山头，是这座小村上唯一的史迹。据说一六〇九年（三二五年前），当时还是西班牙领的菲律滨总督 Don Robrigobe V 乘船到墨西哥去，在海上遇了暴风，漂流到这岩和田来被人搭救了，碑是纪念这件事情的。我来的时候便想去凭吊，但因为几天来的注意都集中在海里，没有工夫去爬山。但已经决定明天离开这儿了，明年乃至永远怕没有再来这儿的机会了，今天是非去不可的。

碑是白色大理石所嵌成的方尖锥形，约有四五丈高。有铜牌用日本文与西班牙文刊载着建碑的缘故，是五六年前由日、墨、西三国所合建的。

碑的地位颇占形势，岩和田、御宿一带的山海都在一望之中。爽适的凉风不断地吹来，在碑下不禁引起了流连的情趣。

和、博二子远远在更高一层的山边上写生。佛似乎是看见了我们，从那儿跑了来。他和淑子两个便催促着去登那更高一层的山，我在碑下低徊了好一会儿，才又跟着他们走去。

步到和、博所在处时，他们是在番薯地中对着纪念碑一带画水彩。和说已经画完，他把画来藏起了。其实他是怕我看他的画。

佛儿说:"我们到雀岛去!"

淑子立地赞成了。

据说,雀岛还在大波都奇前面的一个湾子里面,是一座像石笋一样的岛子,头上有些草木,有很多的瓦雀在那儿结巢。就沿着那山路可以走下去的。

他们都很踊跃,我也就跟着他们。

在山路上走着,俯瞰着小波都奇、大波都奇,都从眼底呈出而又走过。果然在大波都奇前面的一个湾子里现出了那座石笋形的雀岛来。要说是岛,其实最好是说为石笋。那岛依傍着湾右的岩股,显然是从那岩股切离出来的东西。岩和田附近的岩石大都是柔脆的浆岩,切离是很不费事的。或者怕又和大波都奇的那个方池中的巨石一样,同是一种古代宗教的偶像吧?我又起了一番好奇的心,想跑到那岛下面去观察。

佛儿说他识路,便让他在前面做向导。拣着向那雀岛所在的两山之间的谷道里走去,下了峡谷起初还有一些田畴。在田埂上弯转地走,把田一走尽,便是一望的荒草,有些地方将近有一人深的光景。路是连痕迹也没有的。我冒险把木屐去践踏,仅踏得两三丈远,手足便有好几处受了伤。

淑子说:"怕有蛇呢!"

天又不凑巧地突然严重地阴晦下来,看看便有猛烈的暴风雨袭来的模样,没有勇气再往前走了,只好赶快跑回头路。

在山道上拼命地跑，跑得前气不接后气地怕有三十分钟的光景。天，黑得逐渐严重，看看便要崩溃下来。幸好，在天还未崩溃下来之前，我们赶到了寓里。

不一会儿，起了猛烈的旋风。好像鼓尽了全宇宙的力量一样，倾倒了一批骤雨。之后，天又俄然清明了。

重庆值得留恋

在重庆足足待了六年半，差不多天天都在诅咒重庆，人人都在诅咒重庆，到了今天好些人要离开重庆了，重庆似乎又值得留恋起来。

我们诅咒重庆的崎岖，高低不平，一天不知道要爬几次坡，下几次坎，真是该死。然而沉心一想，中国的都市里面还有像重庆这样，更能表示出人力的伟大的吗？完全靠人力把一簇山陵铲成了一座相当近代化的都市。这首先就值得我们作为精神上的鼓励。逼得你不能不走路，逼得你不能不流点小汗，这于你的身体锻炼上，怕至少有了些超乎自觉的效能吧？

我们诅咒重庆的雾，一年之中有半年见不到太阳，对于紫外线的享受真是一件无可偿补的缺陷。是的，这雾真是可恶！不过，恐怕还是精神上的雾罩得我们更厉害些，因而增加了我们对于"雾重庆"的憎恨吧。假使没有那种雾上的雾，重庆的雾实在有值得人赞美的地方。战时尽了消极防空的责任且不用说，你请在雾中看看四面的江山胜景吧。那实在是有形容不出的美妙。不是江南不是塞北，而是真真正正的重庆。

我们诅咒重庆的炎热，重庆没有春天，雾季一过便是火热地狱。热，热，热，似乎超过了热带地方的热。头被热得发昏了，脑浆似乎都在沸腾。真的吗？真有那样厉害吗？为什么不曾听说有人热死？不过细想起来，这重庆的大陆性的炎热，实在是热得干脆，一点都不讲价钱，说热就是热。这倒是反市侩主义的重庆精神，应该以百分之百的热诚来加以赞扬的。

广柑那么多，蔬菜那么丰富，东西南北四郊都有温泉，水陆空的交通四通八达，假使人人都有点相当的自由，不受限制的自由，这么好的一座重庆，真可以称为地上天堂了。

当然，重庆也有它特别令人讨厌的地方，它有那些比老鼠更多的特种老鼠。那些家伙在今后一段相当时期内，恐怕还要更加跳梁吧。假如沧白堂①和较场口的石子没有再落到自己身上的份时，想到尚在重庆的战友们，谁能不对于重庆更加留恋？

1946年4月25日

---

① 沧白堂是旧时纪念杨庶堪（字沧白）的建筑，在重庆临江门附近。一九四六年春间各民主党派曾在那儿举行几次讲演会，屡遭国民党特务投石捣乱。——沫若注。

谒 陵

中山门外通向紫金山下的中山陵的路，怕是南京所有的最好的一段公路吧。水门汀面得很平坦，打扫得也很干净。两旁的路树，树皮青色而有些白晕，不知道是阿嘉槭还是白桦。剪齐了的头迸发着青葱的枝叶，差不多一样高，一样大，正是恰到好处。

在我是九年不见了，一望的松木已经快要成为蓊郁的林子了。空气新鲜，含孕有相当浓烈的臭氧的香味。

九年前，正当淞沪战事很紧张的时候，我曾经来过陵园两次。但两次都失掉了谒陵的机会。一次是在雨中，一次却遇到空袭。今天多谢八天的休战延期，更多谢费德杯博士开了汽车来做伴，我们一道来谒陵。

中山陵的样式，听说是取象于自由钟。从地图上看来确实有那样的味道。陵场的规模宏大，假使在飞机上鸟瞰，钟形一定了如指掌，但从平地望上去却是很容易忽略的。钟口是向着上面的，我不知道，设计的当时设计者究竟是怎样的用意。这样岂不是倒置了吗？自由钟应该向着人间，为什么向着天上？中山先生是执掌自由钟的人，陵墓应该安置在钟柄上，为什么反而安置在钟口上去了？这用意我实在不明白。

陵场基地是用水门汀面就的，呈出白色。碑亭陵寝等一切的建筑都是白壁青瓦。毫无疑问是象征着"青天白日"。宏大的碑亭里面的一通宏大的石碑刻着："中国国民党葬总理孙中山先生于此。"文字很简单而有力。这可表明中山先生所受的是党葬了。从"党权高于一切"的观念来着想的话，或许正是应该。但作为一个中国的公民的我，我感觉着中山先生是应该膺受国葬或人民葬才合适。假使碑文能改为"国父孙中山先生之墓"，那不会更简单而有力吗？我在脑子里画了一个图案，想把那倒置的自由钟再倒过去。墓地不用白色的水门汀，而改为红色的大理石，象征着"青天白日满地红"。那样或许和中山先生的博大的精神，崇高的功业，更相配称吧？

虔诚地在陵墓的坡道上走着，一面走，一面浮泛着一些印象式的，或许是不应该有的思索。

阳光相当强烈。到了郊外来，紫外线更加丰富，又是走的上坡路，虽然有不断的清风涤荡，总感受着热意的侵袭。谒陵的人差不多都把外衣脱下了，但我为保持我的虔敬，我连我中山装的领扣都没有解开。

日本鬼还算客气，对于陵庙还没有过分的摧残，听说仅在西北角上有了一些破坏，都已经修补好了。在陵庙下的一段平台上安置着一对大铜鼎，左右各一，显然是被日本人移动过的。左手的一只在腹部有一个炮弹的窟窿，这更表明日本人曾经移到什么地方去作过试炮弹的靶子的。

陵堂有兵守卫。右侧进门处有题名簿，让谒陵者题上自己的名字。中山先生穿着国服的大理石像正坐在中央，我们走到像前去行了最敬礼，并默念了三分钟。我感觉中山先生的周围孤单了一点，假使每天每天有不断的鲜花或禾穗奉献，列陈在四周，或许会更有生意的吧？守卫如能换成便服，或许也会更适当一些的吧？

灵堂的内部非常朴素，两侧和后壁的腰部嵌着黑色大理石，刻着国父手书的《建国大纲》和其他文字，都是填了金的。这些便是唯一的装饰了。可惜中国的雕刻界还不甚发达，在我想来，四壁如有浮雕，刻上中山先生的生平，主要的革命战役，应该是题内所应有的文章吧。这些是容易做到的事，在将来或许也会逐渐实现的。

步出陵堂，居高临下，眼前一望的晴空，大自然正在浓绿季中。但一接触到祖呈在右手前面的南京城市，却不免在自己的眼前罩上了一层无形的薄雾。由高处看都市，本来是最不美观的，没有十分建设就绪的南京市，愈加显见得是疮痍满目。但我又一回想，制止了我的感伤。中山先生无疑是更喜欢那亟待拯救的人间的，他是人民革命家，他不会长久陶醉于自然风物里面，而忘记了人民。自然地又联想到了列宁墓所在地的莫斯科红场。墓是红色大理石砌成的，与人民生活打成了一片。或许中山先生是更喜欢那种作风的吧？……

衬衫已经湿透了，谒陵既毕，我想是可以解衣的时候了。在步下陵道的时候，我便脱下了我的中山装。费博士却忠告我：那样是会着凉的。我又只好穿上了。

顺便又参观了明陵。那些石人、石兽的行列很有古味。石兽中的一个被人打碎了。费博士说：他前次来时都还是完整的。这不知道又是什么人的恶作剧了。石兽中有麒麟、马、骆驼、象等，两两相对，或跪、或立，体态凝重，气韵浑厚，实在是值得加以保护的东西。所有的石象，身上都涂过青绿，已经斑驳了。象与象之间有嫩松栽植成行。这些大约是为避免成为轰炸的目标，在敌伪时代所造下的伪装吧？

廖仲恺先生的墓就在明陵的西边，我们也去参拜了。墓场的结构朴素而庄重，建筑时一定是费了苦心的。可惜保卫得不周密，颇呈荒芜的景象。有些地方颓败了，并未加以修理。墓场全体，在一切的石质和水门汀上也都是涂过青绿的，不知是谁呈献在墓前的花环，已经老早枯槁了。

——仲恺先生假如不遭暗杀，中国的情形或许又会两样吧？这样的感想不期然地又浮漾了起来。

可诅咒的卑劣万分的政治暗杀！

可悲痛的多灾多难的中国人民！

/郭沫若散文精选/

艺 文

我们中国人的嗜好颇有点奇怪，
画一定要古画才值钱，人一定要死人才贵重。
对于活着的艺术家的优待，
大约就是促成他穷死、饿死、病死、愁死，
这样使得他的人早点更贵重些，
使得他的画早点更值钱些的吧？
精神胜于物质的啦，可不是！

卖 书

我平生受苦了文学的纠缠，我想丢掉它也不知道有过多少次了。小的时候便喜欢读《楚辞》《庄子》《史记》《唐诗》，但在一九一三年出省的时候，我便全盘把它们丢了。一九一四年正月我初到日本来的时候，只带着一部《文选》。这是一九一三年的年底在北京琉璃厂的旧书店里买的。走的时候本来也想丢掉它，是我大哥劝我，没有把它丢掉。但我在日本的起初一两年，它被丢在我的箱里，没有取出来过。

在日本住久了，文学趣味不知不觉之间又抬起头来。我在高等学校快要毕业的时候，又收集了不少的中外的文学书籍了。

那是一九一八年的初夏，我从冈山的第六高等学校毕了业，以后是要进医科大学了。我决心要专精于医学，文学书籍又不能不和它们断缘了。

我下了决心，又先后把我贫弱的藏书送给了友人。当我要离开冈山的前一天，剩着《庾子山集》和《陶渊明集》两书还在我的手里。这两部书我实在是不忍丢掉，但又不能不丢掉。这两部书和科学精神实在是不相投合的。那时候我因为手里没有多少钱，便想把这两位诗人拿去拍卖。我想起日本人是比较尊重汉籍的，这两部书或者可以卖得一些钱。

那是晚上，天在下雨。我打起一把雨伞走上冈山市去。走到一家书店里我去问了一声。我说："我有几本中国书……"

话还没有说完，坐店的一位年轻的日本人，在怀里操着两只手，粗暴地反问着我："你有几本中国书？怎么样？"

我说："想让给你。"

——"哼，"他从鼻孔里哼了一声，又把下颚向店外指了一下，你去看看招牌吧，我不是买旧书的人！"说着把头掉开了。

我碰了这样一个大钉子，很失悔。这位书贾太不把人当钱了！我就偶尔把招牌认错，也犯不着以这样侮慢的态度来对待我！我抱着书仍旧回到寓所去。路从冈山图书馆经过的时候，我突然对于它生出了惜别意来。这儿是使我认识了斯宾诺沙、泰戈尔、伽比儿、歌德、海涅、尼采诸人的地方。我的青年时代的一部分是埋葬在这儿的。我便想把我肘下挟着的两部书寄付在这儿。我一下了决心，便把书抱进馆去。那时因为下雨，馆里看书的一个人也没有。我向一位馆员交涉，说我愿意寄付两部书。馆员说馆长回家去了，叫我明天再来。我觉得这是再好也没有的，便把书交给了馆员，说明天再来，便各自走了。

啊，我平生没有遇着过这样快心的事。我把书寄付了之后，觉得心里非常恬静，非常轻松。雨伞上滴落着的雨声都带着音乐的谐调，赤足上蹴触着的行潦也觉得爽腻。啊，那爽腻的感觉！我想就是耶稣脚上受着玛格达伦用香油涂抹时的感觉，也不过这样吧？——这样的感觉，到现在好像也还留在脚上，但已经隔了六年了。

把书寄付后的第二天，我便离去了冈山。我在那天不消说没有往图书馆去。六年来，我乘火车虽然前前后后地也经过冈山五六次，但都没有机会下车。在冈山三年间的生活回忆时常在我脑中苏活着；但恐怕永没有重到那儿的希望了。

啊，那儿有我和芳坞同过学的学校，那儿有我和晓芙同住过的小屋，那儿有我时常去登临的操山，那儿有我时常去划船的旭川，那儿有我每天清早上学、每晚放学必然通过的清丽的后乐园，那儿有过一位最后送我上火车的处女，这些都是使我永远不能忘怀的地方。但我现在最初想到的是我那《庾子山集》和《陶渊明集》的两部书呀！我那两部书不知道是否安然寄放在图书馆里？无名氏的寄付，未经馆长的过目，不知道是否遭了登录？看那样书籍的人，我怕近代的日本人中少有吧？即使遭了登录，想来也一定被置诸高阁，或者是被蠹鱼蚀食了。啊，但是哟，我的庾子山！我的陶渊明！我的旧友们哟！你们不要埋怨我的抛撇！你们也不要埋怨知音的寥落！我虽然把你们抛撇了，但我到了现在也还在镂心刻骨地思念着你们。你们即使不遇知音,但假如在图书馆中健在,也比落在贪婪的书贾手中经过一道铜臭的烙印的,总要幸福得多吧?

啊,我的庾子山!我的陶渊明!旧友们哟!现在已是夜深,也是正在下雨的时候,我寄居在这儿的山中,也和你们冷藏在图书馆里的一样。但我想起六年前和你们别离的那个幸福的晚上,我觉得我也算不曾虚度此生了。

你们的生命是比我长久的,我的骨化成灰、肉化成泥时,我的神魂也借着你们永在。

竹阴读画

　　傅抱石的名字，近年早为爱好国画、爱好美术的人所知道了的。

　　我的书房里挂着他的一幅《桐阴读画》，是去年十月十七日，我到金刚坡下他的寓所中去访问的时候，他送给我的。七株大梧桐树参差地挺在一幅长条中，前面一条小溪，溪中有桥，桥上有一扶杖者，向桐阴中的人家走去。家中轩豁，有四人正展观画图。其上仿佛书斋，有童子一人抱画而入。屋后山势壮拔，有瀑布下流。桐树之间，补以绿竹。

　　图中白地甚少，但只觉一望空阔，气势苍沛。

　　来访问我的人，看见这幅画都说很好，我相信这不会是对于我的谀辞。但别的朋友，尽管在美术的修养上，比我更能够鉴赏抱石的作品，而我在这幅画上却享有任何人所不能得到的画外的情味。

　　　　三十二年十月十七日沫若先生惠临金刚坡下山斋，入蜀后最上光辉也……

抱石在画上附题了几行以为纪念,这才真是给与了我"最上光辉"。

我这一天日记是这样记着的:

十月十七日,星期日。

早微雨,未几而霁,终日昙。因睡眠不足,意趣颇郁塞……

十时顷应抱石之约,往访之,中途遇杜老,邀与同往。抱石寓金刚坡下,乃一农家古屋,四围竹丛稠密,颇饶幽趣。展示所作画多幅,意思渐就豁然。更蒙赠《桐阴读画图》一帧,美意可感。

夫人时慧女士享以丰盛之午餐。食时谈及北伐时在南昌城故事。时慧女士时在中学肆业,曾屡次听余讲演云。

立群偕子女亦被大世兄亲往邀来,直至午后三时,始怡然告别……

记得过于简单,但当天的情形还是活鲜鲜地刻印在我的脑子里面的。

我自抗战还国以后,在武汉时代特别邀了抱石来参加政治部的

艺 文

工作，得到了他不少的帮助。武汉撤守后，由长沙而衡阳，而桂林，而重庆，抱石一直都是为抗战工作孜孜不息的。回重庆以后，政治部分驻城乡两地，乡部在金刚坡下，因而抱石的寓所也就定在了那儿。后来抱石回到教育界去了，但他依然舍不得金刚坡下的环境，没有迁徙。据我所知，他在中大或艺专任课，来往差不多都是步行的。

我是一向像候鸟一样，来去于城乡两地的人，大抵暑期在乡下的时候多，雾季则多住在城里。在乡时，抱石虽常相过从，但我一直没有到他寓里去访问过，去年的十月十七日是唯一的一次。

我初以为相隔得太远，又加以路径不熟，要找人领路未免有点麻烦；待到走动起来，才晓得并不那么远。在中途遇着杜老，邀他同行；他是识路的，便把领路的公役遣回去了。

杜老抱着一部《淮南子》，正准备去找我，因为我想要查一下《淮南子》里面关于秦始皇筑驰道的一段文字。

我们在田埂上走着，走向一个村落。金刚坡的一带山脉，在右手绵亘着，蜿蜒而下的公路，历历可见。我们是在山麓的余势中走着的。

走不上十分钟光景吧，已经到了村落的南头。这儿我在前是走到过的，但到这一次杜老告诉我，我才知道村落也就叫金刚坡。有溪流一道，水颇湍急，溪畔有一二家面坊，作业有声。溪自村的两侧流绕至村的南端，其上有石桥，名龙凤桥。过桥，再沿溪西南行,不及百步,便有农家一座,为丛竹所拥护,葱茏于右侧。杜老指出道,那便是抱石的寓所了。

相隔得这样近,我真是没有想出。而且我在几天前的重九登高的时候,分明是从这儿经过过的,那真可算是"过门而不入"了。

竹丛甚为稠密,家屋由外面几乎不能看出。走入竹丛后照例有一带广场,是晒稻子的地方,横长而纵狭。屋颇简陋并已朽败。背着金刚坡的山脉,面临着广场,好像是受尽了折磨的一位老人一样。

抱石自屋内笑迎出来了,他那苍白的脸上涨漾着衷心的喜悦。他把我们引进了屋内。就是面临着广场的一进厅堂,为方便起见,用篱壁隔成了三间。中间便是客厅,而兼着过道的使用,实在不免有些逼窄。这固然是抗战时期的生活风味,然而中国艺术家的享受就在和平时期似乎和这也不能够相差得很远。

我们中国人的嗜好颇有点奇怪,画一定要古画才值钱,人一定要死人才贵重。对于活着的艺术家的优待,大约就是促成他穷死、饿死、病死、愁死,这样使得他的人早点更贵重些,使得他的画早点更值钱些的吧?精神胜于物质的啦,可不是!

抱石,我看是一位标准的中国艺术家,他多才多艺,会篆刻,又会书画,长于文事,好饮酒,然而最典型的,却是穷,穷,第三个字还是穷。我认识他已经十几年了,他的艺术虽然已经进步得惊人,而他的生活却丝毫也没有改进。"穷而后工"的话,大约在绘

艺 文

事上也是适用的吧？

抱石把他所有的制作都抱出来给我看了，有的还详细地为我说明。我不是鉴赏的事，只是惊叹的事。的确也是精神胜于物质，那样苍白色的显然是营养不良的抱石，哪来这样绝伦的精力呵？几十张的画图在我眼前就像电光一样闪耀，我感觉着那矮小的农家屋似乎就要爆炸。

抱石有两位世兄，一位才满两岁的小姐。大世兄已经十岁了，很秀气，但相当孱弱，听说专爱读书，学校里的先生在担心他过于勤勉了。他也喜欢作画，我打算看他的画，但他本人却不见了。隔了一会儿他回来了，接着，立群携带着子女也走进来了，我才知道大世兄看见我一个人来寓，他又跑到我家里去把她们接来了的。

时慧夫人做了很多的菜来款待，喝了一些酒，谈了一些往事。我们谈到在日本东京时的情形。我记得有一次在东京中野留学生监督周慧文家里晚餐，酒喝得很多，是抱石亲自把我送到田端驿才分手的。抱石却把年月日都记得很清楚，他说是："二十三年二月三日，是旧历的大除夕。"

抱石在东京时曾举行过一次展览会，是在银座的松坂屋，开了五天，把东京的名人流辈差不多都动员了。有名的篆刻家河井仙郎，画家横山大观，书家中村不折，帝国美术院院长正木直彦，文士佐藤春夫辈，都到了场，有的买了他的图章，有的买了他的字，有的买了他的画。虽然收入并不怎么可观，但替中国人确实是吐了一口气。

我去看他的个展时是第二天，正遇着横山大观在场，有好些随员簇拥着他，那种飘飘然的傲岸神气，大有王侯的风度。这些地方，日本人的习尚和我们有些不同。横山大观也不过是一位画家而已。他是东京人，自成一派，和西京的巨头竹内栖凤对立，标榜着"国粹"，曾经到过意大利，和墨索里尼拉手。他在日本画坛的地位真是有点煊赫。自然，日本也有的是穷画家，但画家的社会比重要来得高些，一般是称为"画伯"的。

抱石在东京个展上摄了一些照片，其中有几张我题的诗，有一张我自己在看画时的背影。他拿出来给我们看了，十年前的往事活呈到了眼前，颇有一种难以言喻的情趣。

我劝抱石再开一次个展，他说他有这个意思，但能卖出多少却没有一定的把握。是的，这是谁也不敢保险的。不过我倒有胆量向一般有购买力的社会人士推荐；因为毫无问题，在将来抱石的画是会更值钱的。

午饭过后杂谈了一些，李可染和高龙生也来了，可染抱了他一些近作来求抱石品评。抱石又把自己的画拿出来，也让二位鉴赏了。在我告辞的时候，他检出三张画来，要我自己选一张，他决意送我，我有点惶恐起来。别人的宝贵制作，我怎好一个人据为私有呢？我也想到在日本时，抱石也曾经送过我一张，然而那一张是被抛弃在日本的。旧的我都不能保有，新的我又怎能长久享受呢？我不敢要，因而我也就不敢选。然而抱石自己终把这《桐阴读画》选出来，题上了字，给我。

真是值得纪念的"三十二年十月十七日"！

抱石送我们出了他的家，他指着眼前的金刚坡对我说："四川的山水四处都是画材，我大胆地把它采入了我的画面，不到四川来，这样雄壮的山脉我是不敢画的。"

——"今天的事情，你可以画一幅'竹阴读画'图啦，读画的人不是古装的，而是穿中山装的高龙生、李可染、杜守素、郭沫若，还有夫人和小儿女。"我这样说着。

大家都笑了。大家也送着我们一直走出了竹林外来。

当到分手的时候，抱石指着时慧夫人所抱的两岁的小姐对我们说："这小女儿最有趣，她左边的脸上有一个很深的笑窝，你只要说她好看，她非常高兴。"

真的，小姑娘一听到父亲这样说，她便自行指着她的笑窝了，真是美，真是可爱得很。

时间很快地便过去了，在十月十七日后不久，我们便进了城；虽然住在被煤烟四袭的破楼房里，但抱石的《桐阴读画》却万分超然地挂在我的壁上。任何人看了都说这幅画很好，但这十月十七日一天的情景，非是身受者是不能从这画中读出来的。因而我感觉着值得夸耀，我每天都接受着"最上光辉"。

人做诗与诗做人

前几天于伶兄三十七岁的诞辰,有好几位朋友为他祝寿,即席联句,成了一首七绝:

> 长夜行人三十七,如花溅泪几吞声。
> 至今春雨江南日,英烈传奇说大明。

这是一首很巧妙的集体创作。妙处是在每一句里面都嵌合有一个于伶所著的剧本名,即是《长夜行》《花溅泪》《杏花春雨江南》《大明英烈传》,嵌合得很自然,情调既和谐,意趣也非常连贯。而且联句的诸兄平时并不以旧诗鸣,突然得此,也是值得惊异的事。

不过有一个唯一的缺点,便是诗的情趣太消极,差不多就像是"亡国之音"了。这不仅和于伶兄的精神不称,就和写诗诸兄的精神也完全不相称。诸位都是积极进取的朋友,都有一个共同的信

艺 文

念,便是"中国不会亡"。怎么联起句来,就好像"白头宫女"一样,突然现出了这样的情调呢?

或许是题材限制了吧?例如《长夜行》与《花溅泪》都不免是消极的字面,《大明英烈传》虽然写的是刘伯温,但因为是历史题材,而且单从字面上看不免总要联想到明末遗事。有了这些限制,也就如用菜花、豆苗、蘑菇之类的东西便只能做出一盘素菜的一样,因而便不免消极了。这是可能的一种想法。

或许也怕是形式限制了吧?因为是七绝这种旧形式,运用起来总不能让作者有充分的自由,故而不由自主地竟至表现出了和自己的意识相反的东西。所谓"形式决定内容",这也是可能的一种想法。

但我尝试了一下,我把同样的题材,同样的形式,另外来写成了一首:

大明英烈见传奇,长夜行人路不迷。

春雨江南三七度,杏花溅泪发新枝。

这样写来似乎便把消极的情趣削弱了,而含孕有一片新春发岁、希望葱茏之意。这在贺寿上似乎更要切合一些,就对于我们所共同怀抱的信念也表现得更熨帖一些。

这本是一个小小的问题,但我觉得很有趣。我在这儿发现着:文字本身有一种自律性,就好像一泓止水,要看你开闸的人是怎样开法，所谓"决诸东方则东流，决诸西方则西流"。只要你把闸门一开了，之后，差不多就不由你自主了。

　　人的一生，特别是感情生活，约略也是这样。一个人可以成为感情的主人，也可以成为感情的奴隶。你是开向生路便是生，开向死路便是死。主要的是要掌握着正确的主动权以善导对象的自律性，对于青年有领导或训育任务的人，我感觉着这责任特别重大。

1943年2月24日

读了《李家庄的变迁》

我又一口气把《李家庄的变迁》读完了。

我感觉着这和《小二黑结婚》《李有才板话》一样的可爱，而规模确实是更加宏大了。这是一株在原野里成长起来的大树子，它根扎得很深，抽长得那么条畅，吐纳着大气和养料，那么不动声色地自然自在。

当然，大，也还并不敢说就怎样伟大，而这树子也并不是豪华高贵的珍奇种属，而是很常见的杉树桧树乃至可以劈来当柴烧的青杠树之类，但它不受拘束地成长了起来，确是一点也不矜持，一点也不炫异，大大方方地，十足地，表现了"实事求是"的精神。

大约是出于作者自己的意愿吧，书的封面上是有"通俗小说"四个字的标识的。作者存心"通俗"，而确实是做到了。所写的是老百姓自己翻身的事，人物呢连名字也就不雅驯，如像铁锁、冷元、白狗、二妞之类，然而他们正是老老实实的人民英雄。事件的进行，人物的安排，都是妥帖匀称地，一点也不突兀，一点也不冗赘。

最成功的是语言。不仅每一个人物的口白适如其分，便是全体的叙述文都是平明简洁的口头话，脱尽了"五四"以来欧化体的新文言臭味。然而文法却是谨严的，不像旧式的通俗文字，不成章节，而且不容易断句。

章回体的旧形式是被扬弃了。好些写通俗故事的朋友，爱袭用章回体的旧形式，这是值得考虑的。"却说"一起和"且听下回分解"一收，那种平话式的口调已经完全失掉意义固不用说，章回的节目要用两句对仗的文句，更完全是旧式文人的搔首弄姿，那和老百姓的嗜好是自不相干的。我自己小时候读章回小说，根本就不看节目，一遇着正文里面有什么"有诗为证"式四六体的文赞之类，便把它跳过了。今天还要来袭用这种体裁，我感觉着等于再在我们头上拖一条辫子或再叫女同胞们来缠脚。作者破除了这种习气，创出了新的通俗文体，是值得颂扬的事。

作家的通病总怕通俗。旧式的通俗文作者，虽然用白话在写，却要卖弄风雅，插进一些诗词文赞，以表明其本身不俗，和读者的老百姓究竟有距离，"五四"以来的文艺作家虽然推翻了文言，然而欧化到比文言还要难懂。特别是写理论文字的人，这种毛病尤其深沉，装腔作势，矫揉造作，瞎缠了半天，你竟可以不知道他在说些什么。这种毛病，有时候似乎明知故犯，似乎是"文化人""理论家""文艺家"那些架子拿不下来。所以尽管口头在喊"为人民大众服务"，甚至文章的题目也是人民大众的什么什么，而所写出来的东西却和人民大众相隔得何止十万八千里！我自己就有这样毛病。我自己痛感着文人的习气实在不容易化除，知行确实是不容易合一。这里有环境作用存在。在大家都在矫揉造作或不得不这样的环境里面，一个人不这样就像有点难乎为情，这就如在长袍马褂的社会里面一个人不好穿短打的一样。

因此我很羡慕作者，他是处在自由的环境里，得到了自由的开展。由《小二黑结婚》到《李有才板话》，再到《李家庄的变迁》，作者本身也就像一株树子一样，在欣欣向荣地、不断地成长。赵树理，毫无疑问，已经是一株子大树子。这样的大树子在自由的天地里面，一定会更加长大，更加添多，再隔些年辰会成为参天拔地的大树林子的。作者是这样，作品也会是这样。

或许有人会说我在夸大其辞，我不愿直辩。看惯庭园花木的人，毫无疑问，对于这样的作家和作品也会感觉生疏，或甚至厌恶的。这不单纯是文艺的问题，也不单纯是意识的问题，这要关涉到民族解放斗争的整个发展。口舌之争有时是多余的，有志者请耐心地多读两遍这样的作品，更耐心地再看三五年后的事实吧。

契珂夫在东方

契珂夫在东方很受人爱好。他的作品无论在中国或日本差不多全部都被翻译了，他的读者并不少于屠格涅甫与托尔斯泰。

他的作品和作风很合乎东方人的口味。东方人于文学喜欢抒情的东西，喜欢沉潜而有内涵的东西，但要不伤于凝重。那感觉要像玉石般玲珑温润而不像玻璃，要像绿茶般于清甜中带点涩味，而不像咖啡加糖加牛乳。音乐的美也喜欢这种涩味，一切都要有沉潜的美而不尚外表的华丽。喜欢灰青，喜欢忧郁，不是那么过于宏伟，压迫得令人害怕。

契珂夫特别在这些方面投合了东方人的感情，在我们看来他的东方成分似乎多过于西方的。他虽然不作诗，但他确实是一位诗人。他的小说是诗，他的戏曲也是诗。他比屠格涅甫更为内在的，而比托尔斯泰或杜斯托奕夫斯基更有风味。

在中国，虽然一向不十分为人所注意，他对于中国新文艺所给予的影响确是特别地大。关于这层，我们只消举出我们中国的一位大作家鲁迅来和他对比一下，似乎便可以了解。

鲁迅的作品与作风和契诃夫的极相类似，简直可以说是孪生的弟兄。假使契诃夫的作品是"人类无声的悲哀的音乐"（"still and sad music of humanity"），鲁迅的作品至少可以说是中国的无声的悲哀的音乐。他们都是平庸的灵魂的写实主义者。庸人的类似宿命的无聊生活使他们感觉悲哀、沉痛，甚至失望。人类俨然是不可救药的。

他们都是研究过近代医学的人，医学家的平静镇定了他们的愤怒，解剖刀和显微镜的运用训练了他们对于病态与症结作耐心的、无情的剖检。他们的剖检是一样犀利而仔细，而又蕴含着一种沉默深厚的同情，但他们却同样是只开病历而不处药方的医师。

这大约是由于环境与性格都相近的缘故吧。两人同患着不可治的肺结核症而倒下去了，单只这一点也都值得我们发生同情的联想。这种病症的自觉，对于患者的心情，是可能发生出一种同性质的观感的。内在的无可如何尽可能投射为世界的不可救药。就这样内在的投射和外界的反映，便交织成为惨淡的、虚无的、含泪而苦笑的诗。

但两人都相信着"进步"。这是近代生物学所证实了的、无可否认的铁的事实。故虽失望，而未至绝望。在刻骨的悲悯中未忘却一丝的希望。

契诃夫时时系念着"三二百年后"的人类社会光明的远景，他相信"再过三二百年后,全世界都要变成美丽而可爱的花园"(库普林:《契珂夫的回忆》),"经过三二百年之后,世界上的生活都要变得十分美丽,不可思议的美丽"(《三姊妹》中韦士英所说)。这希望给予契珂夫的作品以潜在的温暖,就像尽管是严寒的冰天雪地,而不是无生命的月球里的死灭。

鲁迅的作品也正是这样。但鲁迅比契珂夫占了便宜的,是迟来世界二十年,后离世界三十年以上。鲁迅得以亲眼看见俄国十月革命的成功,和中国革命势力的联带着的高涨,光明的前景用不着等待"三二百年之后",竟在契珂夫去世后仅仅三二十年间便到来了。

在这儿鲁迅便和契珂夫分手了。希望成为了现实,明天变成了今天,"进步的信仰"转化为了"革命的信仰"。"做得更像样一点吧"——在契珂夫所"不能够高声地公然向人说出"的,而在后期的鲁迅却"能够高声地向人说出"了。鲁迅是由契珂夫变为了高尔基。

但是毫无疑问,鲁迅在早年一定是深切地受了契珂夫的影响的。

因而前期鲁迅在中国新文艺上所留下的成绩,我是这样感觉着,也就是契珂夫在东方播下的种子。

1944年6月14日作于重庆,为纪念契珂夫逝世四十周年

叶挺将军的诗

那是新四军事变后的第二年（一九四二），希夷被囚在陪都郊外的某一地点。秋季快要完的时候了，他的夫人由广东携带着一位八岁的女儿扬眉来看他。他们在狱中曾经会过几次面。我在这时却也得到了极可宝贵的一些意外的收获。

十一月十六日，希夷夫人带着扬眉到赖家桥的寓所来访问我们，她把希夷手制的一枚"文虎章"送给我，作为他给我祝寿的礼物。那是由香烟罐的圆纸片制成的，正面正中用钢笔横写着"文虎章"三个字，周围环绕着"寿强萧伯纳，骏逸人中龙"十个字。背面写着"祝沫若兄五十大庆，叶挺"。在这之上，希夷夫人用红丝线来订上了佩绶，还用红墨水来加上了边沿。

这样一个宝贵的礼物，实在是使我怀着深厚的谢意和感激。我感激得涔着了眼泪。

不久我们从乡下搬进了城，又从希夷夫人手里得到希夷给我的一封信，这里面还附有一首诗。

沫若兄：在囚禁中与内子第二次聚会，彻夜长谈二十四小时，曾说及十五日将往祝郭沫若兄五十大庆，戏以香烟罐内圆纸片制一"文虎章"，上写"寿强萧伯纳，骏逸人中龙"两句以祝。别后自思，不如改为下二句为佳：

寿比萧伯纳

功追高尔基

叶挺　卅一，十一，十四，在渝郊红炉厂囚室中

为人进出的门紧锁着，

为狗爬出的洞敞开着，

一个声音高叫着：

——爬出来呵，给尔自由！

我渴望着自由，但也深知道

人的躯体哪能由狗的洞子爬出！

我只能期待着，那一天

地下的火冲腾

把这活棺材和我一齐烧掉，

我应该在烈火和热血中

得到永生。

六面碰壁居士　卅一，十一，廿一

这里燃烧着无限的愤激，但也辐射着明彻的光辉，要这才是真正的诗。假使有青年朋友要学写诗的话，我希望他就从这样的诗里学。我敬仰希夷，事实上他就是我的一位精神上的老师。他有峻烈的正义感，使他对于横逆永不屈服；而同时又有透辟的人生观，使他自己超越在一切的苦难之上。五年的囚禁生活，假使没有这样的精神是不能够忍耐的。假使没有这样的精神，一个人不被软化，成为性格破产者，也要被瘫化，成为精神病患者。然而希夷征服了这一切，现在果真是"地下的火冲腾，把活棺材烧掉"，而他"在烈火和热血中得到永生"了。

他的诗是用生命和血写成的，他的诗就是他自己。

一九四六年三月四日，希夷在五年囚禁之后恢复自由，晚上在中共代表团看了他回来，又在电火光中反复读着他这首诗。

冷与甘

鲁迅脍炙人口的两句诗：

横眉冷对千夫指，
俯首甘为孺子牛。

这把鲁迅精神表示得非常圆满。

在今年鲁迅逝世十周年纪念会上，我在演说里面引用了这两句，却把"冷对"误成"忍对"去了。不过当我演说完毕之后，自己立即感觉到了我的错误，和这错误的来源。

接着在我之后是周恩来副主席讲演。恩来也引用了这两句，但他又把"冷对"记成"怒向"去了。这不用说也是错误，而且有趣的是错误的来源也和我的相同。

我们事后关于这个小小的问题讨论过一下，恩来说，他在讲演之前，还向坐在旁边的叶圣陶先生问过，圣陶先生也以为是"怒向"。

我说，我们错误的来源相同。这来源是在什么地方呢？也是鲁迅的另外两句诗：

> 忍看朋辈成新鬼，
> 怒向刀丛觅小诗。

我从这儿上一句记取了"忍"字，恩来则从下一句记取了"怒向"两个字。

然而，就由这无心的错误，我们倒似乎把鲁迅精神的一面——反抗的一面，很适当地阐发了。

便是"怒"加"忍"等于鲁迅的"冷"。

但可不要忘记：鲁迅精神还有另外一面，那便是鲁迅的"甘"。这应该是等于"爱"加"诚"的。这儿也可以引证鲁迅的两句诗：

> 精禽梦觉仍衔石，
> 斗士诚坚共抗流。

上一句虽然没有"爱"的字样，但里面正含蓄着无限深沉的"爱"，意思是说：为了"爱"，便明知无望，也不失望。

1948年12月21日

简单地谈谈《诗经》

中国最古的一部诗集,自然要数《诗经》。

《诗经》是合《国风》《小雅》《大雅》《周颂》《鲁颂》《商颂》而成。搜集了这些作品,把它们保存了下来,要算是先秦儒家的一项功绩。搜集成书的年代,是在春秋末年和战国初年,是在相当长的时期里面积累而成的。

在今天看来,最有文学价值的是《国风》,主要地搜集了当时民间所流传着的民歌民谣,在内容和形式上都保留着相当素朴的人民风味。因为年代和我们隔离得太远,生活习惯、语言音韵上都有了距离,读起来不大容易接近;但假如经过一番解释,懂得一点古音古训的人去读它,实在是很有风味的。

《国风》多是一些抒情小调,调子相当简单,喜欢用重复的辞句反复地咏叹,一章之中仅仅更换三两个字的例子是很多的。这正是一般民间歌谣的特征,尤其是带些原始性的民间歌谣。在这种风格上正保证着《国风》是比较可靠的文献。叙事的成分很少。中国

艺 文

古诗人有一种风尚，不高兴用韵文形式来叙事。别的民族在很古的时代便流传出大规模的史诗，在我们的确是没有的。或许有过，没有经后人搜集而失传了吧？因此，在《国风》中没有什么波澜壮阔的成分，没有什么悲壮的成分，这可以说是一种缺点。

《大雅》《小雅》和《商颂》《鲁颂》，规模要大一些，但也多是抒情的赞颂或诅咒，叙事的成分仍然很少。《周颂》好些是断片的东西，拿时代来说算最古，有的远在西周初年，但拿文学价值来说，却是最无聊的。《雅》《颂》和《国风》不同的地方，主要是采自宗庙朝廷的贵族文学，比《国风》虽然有些加工，但在自然和生动的情趣上远远不如。在今天看来，含有诅咒的一部分所谓"变雅"倒是比较值得推荐的。

《诗经》虽是搜集既成的作品而成的集子，但它却不是把既成的作品原样地保存了下来。它无疑是经过搜集者们整理润色过的。《风》《雅》《颂》的年代绵延了五六百年。《国风》所采的国家有十五国，主要虽是黄河流域，但也远及于长江流域。在这样长的年代里面，在这样宽的区域里面，而表现在诗里面的变异性却很小。形式主要是用四言，而尤其值得注意的，是音韵差不多一律。音韵的一律就在今天都很难办到，南北东西有各地的方言，音韵有时相差甚远。但在《诗经》里面却呈现着一个统一性。这正说明《诗经》是经过一道加工。古人说孔子删《诗》，虽然不一定就是孔子，也不一定就是孔子一个人，但《诗》是经过删改的东西，这形式、音韵的统一就是它的内证。此外，如《诗经》以外的逸诗，散见于诸子百家书里的，便没有这么整齐谐适，又可算是一个重要的外证了。

作为在"今天的写作上借鉴"，如果是技术上的问题，《诗经》是太古远了；但如果是方向上的问题，那倒还有很可以供我们"借鉴"的地方。首先它告诉我们：民间文艺的生命，比贵族文艺或宫廷文艺的生命更丰富，更活泼：因为《风》的价值高于《雅》，《雅》高于《颂》，"变雅"高于"正雅"。我们从这里尽可以得到一个民间文艺值得重视的最古的例证。

再便是伟大的文艺作品必须由民间文艺的加工。这须把《国风》和《楚辞》联系起来看。《国风》中有许多含有"兮"字的句子，古歌古谣里也多有这个字。"兮"字古音读如啊，照着这古音去读，立即可以懂得古歌古谣和《国风》的一部分正是口语形态的诗。屈原是把这种形态扩大了，而成就了他的《离骚》和其他作品，在文学史上留下了不磨的成绩，并创造了一种特殊的文体，所谓"骚体"。

如果作为文学史料或社会史料来看，《诗经》是有高度的价值的。但作为史料时，须特别注重它的时代性，旧时注家的说法大多是靠不住的，不能无批判地援用。

题画记

一

蝉子叫得声嘶力竭了。

去年的重庆据说已经是热破了纪录，但今年的纪录似乎更高。

有什么避暑的方法呢？

能够到峨眉山或者青城山去，想来一定很好，但这不是人人所能办到的事。即使能够办到，在目前全人类在争主奴生死的空前恶战中，假使没有业务上的方便，专为避暑而去，在良心上恐怕连自己也不允许。

电风扇扇出的只是火风；吃冰淇淋呢，花钱，而且有恶性传染病的危险。

最好的办法，我看还是多流汗水吧。汗水流得多，可以促进新陈代谢的机能，而且在蒸发上也可以消费些身体周围的炎热。

傅抱石大约是最能了解流汗的快味的人。他今年自春季到现在竟画了一百好几十张国画，准备到秋凉之后展览。

我们同住在金刚坡下，相隔不远。前几天他抱了好几幅画来要我题，大都是他新近在这暑间的作品。

他的精神焕发，据说，他寓里只有一张台桌，吃饭时用它，孩子们读书时用它，做事时用它，有时晚上睡觉时也要用它。

他在这种窘迫的状态中，冒着炎热，竟有了这么丰富的成绩，实在值得感佩。

抱石长于书画，并善篆刻。七年前在日本东京曾经开过一次个人展览会。日本人对于他的篆刻极其倾倒，而对于他的书画则比较冷淡。

但最近我听到好些精通此道的人说：他的书画是在篆刻之上，特别是他的画已经到了升堂入室的境地。

我自己对于这些都是门外，不能有怎么深入的批评。但我感觉着他的一切劳作我都喜欢。而且凡是我所喜欢的东西，在我看来，不用说，都是好的。

中国画需要题跋是一件很有意义的民族形式。题与画每每相得益彰。好画还须有好题。题得好，对于画不啻是锦上添花。但反过来，假使题得不好，那真真是佛头著粪。题上去了，无法擦消，整个的画面都要为它破坏。

抱石肯把他辛苦的劳作拿来让我题，他必然相信我至少不至于题得怎么坏，但在我则不免感觉着有几分惶恐。

在日本时我也曾替他题过画，当时是更加没有把握。记得有一张《瞿塘图》，我题得特别拙劣，至今犹耿耿在怀。目前自己的经验虽然又多了一些，但也不敢说有十分的把握。

辞要好，字要好，款式要好，要和画的内容、形式、风格恰相配称，使题辞成为画的一个有机的部分，这实在不是容易的事。我感觉着，我自己宁肯单独地写一张字，或写一篇小说，写一部剧本。因为纵写得不好，毁掉了事，不至于损害到别人。

然而抱石的厚意我是不好推却的。而且据我自己的经验，好的画确实是比较好题。要打个不十分伦类的比譬吧，就好像好的马比较好骑那样。经受过训练的马，只要你略通骑术，它差不多事事可以如人意。即使你是初次学骑，它也不会让你十分着难。没有经过训练的劣马，那是不敢领教的。

好的画不仅可以诱发题者的兴趣，而且可以启迪题者的心思。你对着一幅名画，只要能够用心地读它，它会引你到达一些意想不到的境地。由于心思的焕发、兴趣的葱茏，便自然会得到比较适意的辞、比较适意的字、比较适意的风格。

这是毫无问题的。好的画在美育上是绝好的教材，对于题辞者不用说也是绝好的教材了。

——好的，题吧，大胆地题吧。

二

抱石送来的画都是已经裱好了的。他告诉我不必着急，等到秋凉时也来得及。

因之，我虽然时时打开来读，但开始几天并没有想题的意思。

大前天，八月三号，想题的意思动了。我便开始考虑着应该题些什么。

画里面有一张顶大的是屈原像，其次是陶渊明像。这两张，尤其屈原像，似乎是抱石的最经心的作品。这从他的画上可以看出，从他的言语神态之间也可以看出。

大约是看到我近年来对于屈原的研究用过一些工夫，也写过一部《屈原》的剧本，抱石是特别把屈原像提了出来，专一要我为他题。在他未来之前我也早就听见朋友这样讲过，传达了他的意思。把屈原像与陶渊明像同时呈在眼前，我便得到了一个机会，把这两位诗人来作比较考虑。

这两位，无论在性格或诗格上，差不多都是极端对立的典型。他们的比较研究可以使人领悟到：不仅是诗应该如何作，还有是人应该如何做。

我自己对于这两位诗人究竟偏于哪一位呢？也实在难说。照近来自己的述作上说来，自然是关于屈原的多，多到使好些人在骂我以屈原自比，陶潜，我差不多是很少提到的。

说我自比屈原固然是一种误会，然而要说我对于陶渊明有什么大了不起的不满意吧，也不尽然。我对于陶渊明的诗和生活，自信是相当了解。不，不仅了解，而且也还爱好。凡是对于老、庄思想多少受过些感染的人，我相信对于陶渊明与其诗，都是会起爱好的念头的。

那种冲淡的诗，实在是诗的一种主要的风格。而在陶潜不仅是诗品冲淡，人品也冲淡。他的诗与人是浑合而为一了。

有特别喜欢冲淡的人，便以为要这种才是诗，要陶潜才是真正的诗人。不仅旧文学家有这种主张，便是最时髦的新诗人，也有的在援引美国作家的残唾："要把激情驱逐于诗域之外。"

在这样的人眼里，那么，屈原便应该落选了。然而屈子仍被称为诗圣，他的《离骚》向来赋有"经"名，就是主张"驱逐激情"的人也是一样地在诗人节上做着纪念文章。足见得人类所要求的美是不怎么单纯的。

一般的美学家把美感主要地分为悲壮美与优美的两种。这如运用到诗歌上来，似乎诗里面至少也应该有表现这两种美感的风格。唐时司空表圣把诗分为了二十四品，每品一篇四言的赞词，那赞词本身也就是很好的诗。但那种分法似乎过于细致，有好些都可以归纳起来。更极端地说：二十四品似乎就可以归纳成为那开首的"雄浑"与"冲淡"的两品。

屈原，便是表示悲壮美的"雄浑"一品的代表。他的诗品雄浑，人品也雄浑。他的诗与人也是浑合而为一了的。

但我不因推崇屈子而轻视陶潜，我也不因喜欢陶潜而要驱逐屈子。认真说：他们两位都使我喜欢，但他们两位也都有些地方使我不喜欢。诗的风格都不免单调，人的生活都有些偏激。像屈子的自杀，我实在不能赞成，但如陶潜的旷达，我也不敢一味恭维。我觉得他们两位都是过于把"我"看重了一点。把自我看得太重，像屈子则邻于自暴自弃，像陶潜则邻于自利自私。众醉独醒固然有问题，和光同尘又何尝没有问题？

我就在这样的比较考虑之下作下一首《中国有诗人》的五言古诗。

中国有诗人，当推屈与陶。
同遭阳九厄，刚柔异其操。
一如云中龙，夭矫游天郊。
一如九皋鹤，清唳彻晴朝。
一如万马来，堂堂江海潮。
一如微风发，离离黍麦苗。
一悲举世醉，独醒赋《离骚》。
一怜鲁酒薄，陶然友箪瓢。
一筑水中室，毅魄难可招。
一随化俱尽，情话悦渔樵。
问余何所爱，二子皆孤标。
譬之如日月，不论鹏与雕。
旱久焦禾稼，夜长苦寂寥。

> 自弃固堪悲，保身未可骄。
>
> 忧先天下人，为牺何惮劳？
>
> 康济宏吾愿，巍巍大哉尧。

这首我打算拿来题陶潜像，关于题屈原像的我要另外做。

三

《中国有诗人》的一诗做好了，前天清早，趁着早凉正想开始题字的时候，率性又作了一首题屈原的诗。我还是抱着我那个"深幸有一，不望有二"的平庸的见解。

屈原是一位儒家思想者，平生以康济为怀，以民生为重，但为什么一定要自沉汨罗，实在是使我不十分理解。大约在这儿还是思想和实践没有十分统一的缘故。屈原没有做到"毋我"的地步，是一件憾事。他苦于有"我"的存在而把他消灭，却仅消灭之于汨罗而没有消灭之于救民济世，是一件憾事。

因此屈原的一生的确是个悲剧。而这个悲剧不仅是他一个人的，也不仅是当时的楚国一国的，而是全中华民族的。假使屈原不遭谗毁，以他的地位和思想，以楚国当时的地位和国力，的确可以替中国写出另外一部历史出来。然而由于他一人的沦没便招致了楚国的灭亡，也使中国两千多年沿着另外一条路线走去了。这种看法或许未免遐想了一点，但人类的理性未彻底得到胜利之前，由于原始的盲目冲动，使人类沿走着错误的路也确是事实。在这儿正可发现一切斗争的根本原因。屈原在一千多年前为我们斗争了来，我们现在是承继着他的意识在猛烈地作着斗争的。

屈子是吾师，惜哉憔悴死，
三户可亡秦，奈何不奋起？
吁嗟怀与襄，父子皆萎靡，
有国半华夏，荜路所经纪，
既隳前代功，终遗后人耻。
昔年在寿春，熊悍幽宫圮，
铜器八百余，无计璧与珥。
江淮富丽地，谀墓亦何侈！
无怪昏庸人，难敌暴秦诡。
生民复何辜，涂炭二千祀？
斯文遭斨丧，焚坑相表里。
向使王者明，屈子不谗毁，
致民尧舜民，仁义为范轨，
中国安有秦？遑论魏晋氏。
呜呼一人亡，暴政留污史，
既见鹿为马，常惊朱变紫，
百代悲此人，所悲亦自己。

艺 文

> 华夏今再生，屈子芳无比，
> 幸已有其一，不望有二矣。

我要坦白地承认：我自己是比较喜欢儒家思想的，我觉得这是正轨的中国的现实主义。两千年来虽然在表彰儒家，其实是把儒家思想阉化了。老、庄思想乃至外来的印度思想，那种恬淡慈悲的心怀，在个人修养上可以作为儒家的补充和发明，但在救人济世上实在是不够。救人济世的方法在儒家也还是不够，这是时代使然。在我们遵守现实主义的人，不用说也还须得有新的发明和补充的。

上午开始题画，先题屈子的一张。题时"华夏今再生"是作"中国决不亡"，觉得还消极了一点，而且与"呜呼一人亡"句有点犯复，现在把它改正了过来，但在画上已经无法涂改了。

屈子像题好之后，又把《中国有诗人》也题在五柳先生像上了。

两幅都题得不甚满意，但却引起了题的兴会，我便再准备题另一幅的《渊明沽酒图》。

抱石似乎是很喜欢陶渊明的。他的《渊明沽酒图》我在日本也替他题过一幅，据说那一幅还留在日本的金原省吾处。但那时的题辞我至今都还记得。

> 村居闲适惯，沽酒为驱寒。
> 呼童携素琴，提壶相往还。
> 有酒且饮酒，有山还看山。

> 林腰凄宿雾，流水响潺湲。
> 此意竟何似，悠悠天地宽。

就这词面看来也很明白，那幅画面上是有一位抱琴提壶的童子跟着渊明，前景中有溪流，后景中有带雾的林木和远山。

但这次的图面却有些改变了。后景是一带落木林，枝干桠杈，木叶尽脱，仍有白雾横腰，但无远景的山，也无近景的水。跟着渊明的童子也长大了，背负着一个酒壶，却没有抱琴了。画面既已不同，因而题辞也就不得不另撰一遍。

> 苍苍古木寒，縠束难可遮。
> 前村沽酒去，薄酒聊当茶。
> 匪我无鸣琴，弦断空咨嗟。
> 匪我无奇书，读之苦聱牙。
> 悠悠古之人，邈矣如流霞。
> 平生幽宵思，楮上着残花。
> 照灼能几时？吾生信有涯。
> 呼童急急行，莫怨道途赊。

我是尽量在体贴陶渊明的心境，诗也在学他的风格，究竟学到没有只好请深于渊明诗的人去批评。但我对于陶渊明觉得也有一些理会，单这前后两次的题辞似乎也就可以作为证据了。

四

因为有友人来访，题画的工作只好中断，直到昨天的上半天又才把《渊明沽酒图》题好了。接着又还题了两张，觉得都还满意。

一张是《与尔倾杯酒》。这是把明末清初的龚半千《与费密游》的三首五律，用画表示了出来的。原诗题于画端，附有短跋，读之极为沉痛。

> 与尔倾杯酒，闲登山上台。
> 台高出城阙，一望大江开。
> 日入牛羊下，天空鸿雁来。
> 六朝无废址，满地是苍苔。

> 登览伤心处，台城与石城。
> 雄关迷虎踞，破寺入鸡鸣。
> 一夕金茄引，无边秋草生。
> 橐驼尔何物？驱入汉家营。

> 江天忽无际，一舸在中流。
> 远岫已将没，夕阳犹未收。
> 自怜为客惯，转觉到家愁。
> 别酒初醒处，苍烟下白鸥。

壬午芒种，拟画野遗《与费密游》诗，把杯伸纸，未竟竟醉。深夜醒来，妻儿各拥衾睡熟，乃倾余茗，研墨成之。蛙声已嘶，天将晓矣。重庆西郊山斋傅抱石记。

抱石曾对我说：这样民族意识极鲜明的诗，不知怎的还流传了下来。

这的确是值得惊异。不过凡是好的作品无论怎样焚烧摧残，是不能够使它完全绝迹的。因为人心不死，公道犹存，这就是使这种作品能够流传于世的保证。因之聪明的统治者也颇能觉悟到这一层，在一时焚烧摧残之后，等到政权稳固了，他又会来一套保护奖励的手法，一以表示在上者的宽仁，二以建立在下者的模范——学习前朝的忠烈以孝敬于本朝。胜清在康熙、雍正、乾隆三朝不知道发生过好些次残酷的有时是滑稽的文字狱，焚毁了不知道多少的书籍，诛戮了不知道多少的士人，然而到乾隆末年公然对于明末的忠臣烈士加以追谥，而诏求遗书了。

龚半千名贤，字岂贤，一字野遗，半千是他的号，又号半亩，亦自称柴丈人。江苏昆山人。据说性孤僻，落落寡合，家贫，没后不能具棺殓。会作诗文，但生平不苟作。又会画画，画品以韵胜。有《香草堂集》及《画诀》一编传世。

半千的诗虽然不多，大率精练，颇有晚唐人风味。就是这《与费密游》三首，确是格调清拔，意象幽远，令人百读不厌。这诗的

艺　文

好处简单地说似乎就是"诗中有画"。借无限的景象来表示出苍凉的情怀,俨如眼前万物,满望都是苍凉。其实苍凉的是人,物本无与,但以诗人有此心,故能造此物。诗中的世界是诗人造出的世界。你能造出个世界出来,大概你的诗便可以成为好诗。

抱石根据这诗又造出这幅画,是把诗中的画具现了。这虽然是恢复了半千心中的世界,事实上也是抱石在自造世界。读题记,虽仅寥寥数语,已不免满纸苍凉。更何况敌寇已深,国难未已,半千心境殆已复活于抱石胸中。同具此心,故能再造此境。

画面左半有危崖突起,其上平坦,有松树数株罩荫。崖头着二人,一正立,一背立,二人均斜向右,袖手如作对话。此即费密与野遗。崖下一带城垣,迤逦而下,终于右隅。右隅近处有城门一道,斜向左前方。城内多崖石丛木,略着红叶,以染秋色。亦有三五屋顶可见,色作淡黄,盖取斜阳反射耶?城外一片大空白,表示江天无际。仅于上首正中处着一叶轻舟,有舟子一人挂帆而驶。

无鸿雁,无牛羊,无骆驼,无远岫,无夕阳,无苍烟,无白鸥,无杯酒,可见抱石所画亦不尽半千所吟,然而苍凉之意则宛然矣。

抱石借用半千的诗画出了自己胸中的境界,因而我也就借用了半千的韵题出了自己的诗。

　　　　披图忽惊悟,仿佛钓鱼台。

　　　　古木参天立,残关倚水开。

蒙哥曾死去，张珏好归来。
战士当年血，依稀石上苔。

卅载撑残局，岿然有废城。
望中皆黍稷，入耳仅蝉鸣。
一寺僧如死，孤祠草自生。
中原独钓处，是否宋时营？

三面皆环水，双江日夜流。
当年遗恨在，今日画图收。
我亦能拼醉，奈何不解愁。
羡君凝彩笔，矫健似轻鸥。

  我开始展读这幅画的时候，并没有读野遗的诗，所给予我的第一印象，便是和合川的钓鱼城相仿佛。五月初我曾同友人去凭吊过这个七百年前宋末的名将余玠、王坚、张珏诸人抗拒元兵的古迹。仅仅以一座孤城，独立抗元，屡次却敌，支持了三十余年。元主蒙哥曾御驾亲征，负伤而死，元人以蹂躏欧、亚两洲之雄威竟无如此城何。直至张珏在重庆被掳，宋室已亡，始由继守者王立纳款迎降，造成了一个悲剧的结束。这段抗敌故事在中国的历史上应该是光耀百代，永不磨灭的。特别是张珏这个人物，他不仅善于治兵，而且善于治民。在他坚守钓鱼城的时候，"外以兵护耕，内劝民积

艺 文

粟"，真是做到了军民合作的极致。钓鱼城之所以能够坚守，断不仅只是山川形胜使然了。文天祥《狱中集杜诗》第五十一首便是怀念张珏的，原诗有序，今并录之如次：

  张制置珏，蜀之健将，元与珏万寿齐名。昝降，张独不降。行朝擢授制阃，未知得拜命否。蜀虽糜碎，珏竟不降。为左右所卖，珏觉而逃遁。被囚锁入北，不肯屈。后不知如何。

  气敌万人将，（《杨监画鹰》）
  独在天一隅。（《遣怀》）
  向使国不亡，（《九成功》）
  功业竟何如？（《别张建封》）

（括弧内为杜诗原题。）

读这诗，可见文山相国对于张珏也极尽了钦佩之诚。张珏被掳北上，后来是在安西以弓弦自缢了的，比文山之死还要早两年。

钓鱼城降元后，城被拆毁，但至今尚有残垒留存。西门一带虽城楼已无踪迹，而门洞无恙。山头除一寺一祠而外，全已化为田畴。祠名忠义，祀余、王、张诸公。寺名报国，其进口处有石坊一道，横标"独钓中原"四字，传为古迹，但不知何时所建。山形确甚险要，危崖拔地，三面临江。磐磐大石，苍苍古木，随地而有。

我游钓鱼城的时候，抱石本没有同行，但我们现在是在画上同游了。姑且就把抱石作为野遗，我自己作为费密吧。费密是四川新繁人，是我的老同乡，客居扬州五十年，曾为石涛和尚洗砚者也。

五

另一张是《张鹤野诗意》。同样是水墨着色。

右侧隅画一危岩突起，上有寒树，下示水涯，杂生草木。左侧峭壁挺立，向右倾欹，与右侧危崖如相敬礼，上有浅松数株，枝条远出。右上四分之一处一带远近山影，隔断水天空白。其前水涯，有芦荻丛生之状。左侧岩端附近，一渔翁舣舟水中向岩垂钓。右上端表示天空之处，题张鹤野原诗，并有短跋。

把杯展卷独沉吟，咫尺烟云自古今。
零碎山川颠倒树，不成图画更伤心。

寒夜灯昏酒盏空，关心偶见画图中。
可怜大地鱼虾尽，犹有垂竿老钓翁。

右张鹤野题苦瓜和尚《山水册》诗。为余最近所见。苦瓜且唱和一绝。惜唱和时代暨鹤野生平不可考，未能入所撰《上人年谱》。然绎寻高绪，或亦野遗、翁山之流。今余放笔点染，犹觉水墨沉重，不胜余痛。民国三十一年正月下浣，傅抱石灯下记。

艺 文

鹤野自是明末逸民,读其诗似较野遗所作尤为沉痛。此人余疑即铁桥道人张穆,穆广东东莞人,与屈翁山、邝湛若同里,亦能诗善画,且好骑马击剑。甲申变后曾出游吴越间,与大涤子盖有一面之缘也。观其《答客问诗》有云:

> 吾本罗浮鹤,孤飞东海东。
> 宁随南薰鸟,不逐北来鸿。
> 坐爱千年树,高逾五尺童。
> 乘轩亦何苦,随意水云中。

俨然"鹤野"之意也。屈翁山《送铁桥道人诗》,亦有"洗心问林泉,所望惟鸾鹤"句,或者铁桥道人在其游吴越时,曾自号鹤野耶?明末遗民别号颇多,例如苦瓜和尚即释道济石涛,号大涤子,又号清湘老人、瞎尊者,更尝署款为极、若极、阿长、元济、痴继、老侠、粤山、小乘客、赞之十世孙阿长、零丁子等。特惜关于铁桥,今无更多资料以供考核耳。

统观抱石所示诸画,如屈原,如陶潜,如野遗与费密游,如鹤野题石涛画,似均寓有家国兴亡之意,而于忠臣逸士特为表彰。余因广其意,复和鹤野诗二绝以为题辞。

> 画中诗意费哦吟,借古抒怀以鉴今。
> 犹有山川犹有树,莫因零落便灰心。

> 凝将心血未成空，画在诗中诗画中。
>
> 纵令衣冠今古异，吾侪依旧主人翁。

画既题就，复为写《题画记》。行将辍笔，忽思石涛所和诗未见，且以鹤野为铁桥道人恐亦未尽合，乃即走笔飞札抱石。蒙报一简，并以《大涤子干净斋唱和诗画册》一册见示。据抱石所见："张鹤野只知为吴人，余皆不可考。（曾询汪旭初先生，亦不知也。）张穆为粤人，当非是。"

再展揭画册，见第一叶即题有鹤野诗。

> 昨干净斋张鹤野自吴门来，观予册子，题云："把杯展卷独沉吟，咫尺烟云自古今。零碎山川颠倒树，不成图画更伤心。"又云："寒夜灯昏酒盏空，关心偶见画图中。可怜大地鱼虾尽，犹有垂竿老钓翁。"余云："读画看山似欲癫，尽驱怀抱入先天。诗中有画真能事，不许清湘不可怜。"清湘大涤子济。

据此可知鹤野又号干净斋，抱石谓为吴人者盖即本于此。然此仅言"自吴门来"，恐不必便是吴人，盖侨居吴门者亦可言"自吴门来"也。然鹤野是否即铁桥，余仅志疑，留待它日再考。

读大涤子所和诗，可知鹤野乃一酷爱诗画、酷好游历之人，称其"诗中有画"，乃竟与余所和诗巧合，我倒也想仿效一句"不许鼎堂不可怜"了。

抱石除书画、篆刻之外，对于美术史及画论之类亦饶有研究，《顾恺之画云台山记之解释》《石涛上人年谱》，为其最有创获之作。此外如《文文山年述》与《明末民族艺人传》之编译，均是有益的良好读物。像他这样孜孜不息、力求精进的人，既成者业已大有可观，将来的成就更是未可限量的。

我很感谢他，把良好的劳作让我题辞，启发了我的心思，提供了我好些宝贵的意见。而尤其是使我这三四日饱尝了流汗的快味，而忘记了目前百度以上的炎热。

把画题完了，费了一天多的工夫把这《题画记》也写好了。当我在这快要搁笔的一瞬间，依然听着窗外的蝉子在力竭声嘶地叫。

/ 郭沫若散文精选 /

故 知

鲁迅在时,使一部分人"有所恃而不恐",
使另一部分人"有所惮而不为"的,
现在鲁迅已经离开我们四年了。
蛇虎呢?依然出没。坎陷呢?依然纵横。
剩给我们的是:加紧驱逐和填平的工作。
鲁迅是奔流,是瀑布,是急湍,
但将来总有鲁迅的海。
鲁迅是霜雪,是冰雹,
是恒寒,但将来总有鲁迅的春。

小时情景二三

我在五十年前生在峨眉山下，大渡河边的一座小村镇上。那镇离嘉定城约七十五里，在大渡河两岸的村镇中，要算是整齐的一座。四围都是山，一条大渡河在那四山中流贯。抗战以来说有好些外省人到那儿去，都说风景很好。有的说很像山明水秀的杭州，有的说还在杭州之上。我生长在那儿，一直到十三岁，才外出读书来了，小时并不觉得自己的家乡怎么美，因为小时的生活就是自然的一部分，但无疑的那相当壮美的自然，对于我的性格一定有不小的影响。

严正的父亲，慈爱的母亲，男女各半的八人的兄弟姐妹，形成着一个很和蔼的家庭。我有二兄二姐，一弟二妹，上有兄姐的爱护，下有弟妹共同嬉娱，我的行次算是最幸福的。这大概就已使我养成了一种乐观性格的重要原因吧。我自己绝少悲观，无论在怎样恶劣的环境中都觉得可以处之泰然。特别是我母亲，她给予我的感化是最大的。

我的外祖父在前清曾任贵州省黄平州的州官，母亲是生在黄平的。当母亲刚好一岁的时候苗民叛变，把州城攻陷了，外祖父殉城自刎，外祖母和两位阿姊——一个七岁，一个三岁——都一同自尽了，用的男女仆婢大都殉了节。只有保育我们母亲的刘奶妈，她背着母亲，千辛万苦地逃了出来。到满了两岁，母亲才回到四川来了。

这一段故事，小时候时常听着母亲对我们谈起，我自己都感觉着有一种光荣，同时也好像值得夸耀。因为我们的母族是那样壮烈的一个家庭！这种感化，我看是比任何虚构的故事所能给予的影响，还要来得伟大的。我小时常常这样想，我要学我们的外祖，我要不辱没我们的外祖。我们的家，在我们的父亲母亲结婚的当时是不甚优裕的，就靠着父亲的善于经纪，母亲的善于操持，后来便渐渐发展起来。但就在我小时，我母亲背着小弟在菜油灯下洗衣浆裳的情形，都还留下有深刻的记忆。我自己很能够尊重劳动而注重节约，父母的无言的身教，毫无疑问的是有很大的影响。

我们的家境虽然不甚富裕，但颇注重教育。在屋后我们有一座家塾是正对着峨眉山的。在我未出世以前便请了一位专馆先生来教育，我们的哥哥，在我三岁时我们的大哥进了学，还有一两位从兄也成了秀才，因此我顶小的时候就觉得非读书不可。我是四岁半发的蒙。先生的教育是旧式的，但人很严正认真，并且在后来将废科举的时候，他很尖锐地便改变过来，自己一面学习一面教，教了我们一些算术、格致、历史、地理等新的智识。这样负责的先生是值得感谢的。

家塾外的风物给予我小时的印象也很难磨灭。峨眉山在晴雨寒暑中的变化，山下的农人生活的朴实，秧歌，牛鸣。菜花的金黄，稻田的青碧，垂杨树间的黄鹂，唱着"李桂杨"的是催耕，溪沟中不用钓便可以钓起的鲫鱼……都是儿童时代的很好的伴侣，现在一想起都觉得自己是回复到儿童时代去了。

一支真正的钢笔

——在邹韬奋先生追悼会上的讲演辞

韬奋先生,你是我们中国人民的一位好儿子,我们中国青年的一位好兄长,中国新文化的一位好工程师。你的一生,为了人民的解放,为了青年的领导,为了文化的建设,尤其在抗日战争发动以来,为了争取反法西斯战争的胜利,你是很慷慨地、很热诚地用尽了你最后的一滴血。在目前我们大家最需要你的时候,而你离开了我们,这在我们是一个多么大的损失呀!这是一个无可补救的损失呀!(泣声和掌声)

韬奋先生,在你自己,怕应该是没有什么遗憾的吧。你把你自己慷慨地奉献给了人民,而你自己已经成为了一个很庄严的完整的艺术品,在你自己怕应该是没有什么遗憾的吧!(鼓掌)要说有什么遗憾,那一定是在目前反法西斯战争已经接近胜利的期间,而你没有可能亲眼看见中国人民的得到解放,中国青年的无拘无束的成长,反而在弥留的时候,你所接触的是中原失利的消息,湖南失利的消息。（大鼓掌）这怕是使你含着滚热的眼泪，一直把眼睛闭不下的吧！这在我们，作为你的朋友的我们，尤其是长远的一个哀痛！是我们的努力不够，没有把胜利早一天争取得来，反而在全世界四处都是胜利的声浪中，而我们有日蹙国百里的形势，增加了你临死时的哀痛。我们在今天在这儿追悼着你，至少我自己是深深地感觉着犯了很大的罪过的！但是，韬奋先生！你是真的离开了我们吗？你是真的放下了武器倒下去了吗？没有的，永远没有的。你并没有离开我们，你还活着。你还活在我们每一个人的心里，每一个青年的心里，千千万万的人民大众的心里。你是活着的，永远活着的，从中国的历史上，从我们人民的心目中，谁能够把邹韬奋的存在灭掉呢？（鼓掌）你的武器，你的最犀利的武器，也交代在我们手里来了。我们每一个人的身上差不多都有你的武器，这就是这么一支笔！你仗靠着这支笔！为人民的解放，为反法西斯的胜利战斗了来，我们也应该仗着这支笔，为人民的解放，为反法西斯的胜利战斗起去。（大鼓掌）这是一支不折不扣的名实相符的钢笔，有了这支笔存在的地方便是民主存在的地方，没有这支笔存在的地方便是法西斯存在的地方。（鼓掌）像德国、日本那样法西斯国家，它们的笔是没有了，是变了质，变成了刷把。（鼓掌）替统治者刷糨糊，（鼓掌）刷粉墙，（鼓掌）刷断头台，（鼓掌）刷枪筒，（鼓掌）甚至刷马桶。（鼓掌）这样的刷把，早迟是要和法西斯一道，拿来抛进茅坑里去的。（鼓掌不息）

我们中国幸而还有这一支笔,这是你韬奋先生替我们保持了下来,我们应该要永远地保持下去。在目前反法西斯战争接近胜利的时候,笔杆的使用是要愈见代替枪杆的地位了。枪杆只能消灭法西斯的武力,要笔杆才能消灭法西斯的生命力。邹韬奋先生,你的一生用你的血来做了这支笔的墨,我们要继续不断地把我们的血来灌进去。邹韬奋先生,你的一生把你的脑细胞来做了这支笔的笔尖,我们要继续不断地把我们的脑袋子安上去。(鼓掌)我们要纪念你,韬奋先生,我们定要永远地保卫这支笔杆,我们不让法西斯再有抬头的一天,不让人类的文化再有倒流的一天。这也怕就是,你通过你的笔所遗留给我们的遗嘱。(鼓掌历久不息)

1944年10月1日

螃蟹的憔悴

——纪念邢桐华君

邢桐华君，寂寞地在桂林长逝了。他的能力相当强，可惜却死得这么快。

我和他认识是在抗战前两年，是在敌国的首都东京。

那时候有一批的朋友，在东京组织一个文会团体，想出杂志，曾经出过八期。前三期叫《杂文》，因受日警禁止，后五期便改名为《质文》。桐华君便是这个团体里面的中坚分子。

他在早稻田大学俄国文学系肄业。杂志里面凡有关苏联文学的介绍，大抵是他出任的。

为催稿子，他到我的住处来过好几次，我还向他请教过俄文的发音。有一次他谈到想继续翻译托尔斯泰的《战争与和平》，我曾尽力地怂恿他，把我所有关于这一方面的资料都送给他去了。但他还未曾着手，却为了杂志的事，被日本警察抓去关了几天，结果是遣送回国了。

不久卢沟桥事变发生，我私自逃回了上海，曾经接到过桐华由南京的来信。

又不久知道他进干训团去受军训去了，和着一大批由日本回来的同学。

前年春节，我到武昌参加政治部工作，想到俄文方面需要工作人员便把他调到第三厅服务。我们武昌重见，算是相别一年了。他在离去日本的时候，曾经吐过血。中经折磨，又受军训，显然是把他的痃疾促进了。

自武汉搬迁以后，集中桂林。桂林行营成立，政治部将分出一部分人员留桂工作。我们当时也就顾虑到桐华的病体，把他留下了。因为他的憔悴是与时俱进，断不能再经受由桂而黔再蜀的长途远道的跋涉了。

留在桂林，希望他能够得到一些静养，但也于他无补，他终于是把一切都留在桂林了。

桐华的个人生活和他的家庭状况，我都不甚清楚：因为我和他接近的机会，究竟比较少。

但我知道他是极端崇拜鲁迅的。

他的相貌颇奇特。头发多而有拳曲态，在头上蓬簌着，面部广平而黄黑，假如年龄容许他的腮下生得一簇络腮胡来，一定可以称为马克思的中国版。

还是在日本的时候，记得他有一次独自到千叶的乡下来访我，是才满五岁的鸿儿去应的门。鸿儿转来告诉我说："螃蟹先生来了。"他把两只小手叉在耳旁，形容其面部的横广。我们大家都笑了。

但是这螃蟹的形象，在憔悴而且寂化了的桐华，是另外包含了一种意义了。

——倔强到底，全身都是骨头。

廿九年五月十七日晨

悼闻一多

　　十一日李公朴遭难，十五日闻一多遇害，同在昆明，同是领导民主运动的朋友，同遭美械凶徒的暗杀。这里毫无疑问是有组织有计划的白色恐怖的阴谋摆布。下手人看起来好像是疯狂了，但其实只是一二人在暗里发纵指使。那发纵指使者的一二人，像闻一多这样自由主义的学者，竟连同他的长公子一道，都要用卑劣无耻的政治暗杀的手段来谋害，不真是已经到了绝望的绝顶吗？

　　谁都知道，一多出身于清华大学，是受了美国式的教育的。当他在美国留学的期间，曾经写过很多有规律的新诗，他的成就远超过徐志摩的成就。他虽然和创造社发生过关系，他的诗集《红烛》是由我介绍给泰东书局出版，但他从不曾有过"左"倾的嫌疑。回国以后一直从事于大学教育，诗虽然不再写了，而关于卜辞、金文及先秦文献的研究，成了海内有数的专家。他所走的路，不期然地和我有些类似，但我们的相见，却只有两回。一回是在抗战初期的汉口，一回是在去年七月我赴苏联时所路过的昆明。没想出昆明一别便成了永别了。在先秦文献的研究上，一多的成绩是很惊人的。《楚辞校补》得过教育部的二等奖金，读过这部著作的人，谁个不惊叹他的方法的缜密，见解的新颖，收获的丰富，完全是王念孙父子再来！我所见到的，关于《庄子内篇》的校记及若干《诗经》的今译，也无不独具只眼，前无古人。他还有很多的腹稿待写，然而今天却是永远遗失了。这是多么严重的损失呀！

谁都知道，由于政治的不民主，中国招致了九年的外寇，弄得来几乎亡国。这是国内外所共同承认的事实。爱国的文人学者们不忍坐视国家的沦亡，同时更认识到国难的症结之所在，故起而要求民主，要求政治改变作风，这仅仅是最近两三年来的事。一多之参加了民主运动，也正是在这个潮流中有良心的学者的爱国行为，难道这就是犯了该死的罪吗？有一部分人的偏见，认为学者文人根本不应该过问政治。然而政治恶化到了今天，连学者文人都不能不起来过问了，这到底应该谁个负责？孙中山所拟议的国民代表大会，连学生都应该有代表参加的，谁个说学者文人们便不该过问政治？而且今天的学者文人们对于政治的要求，只是作为一个民国人民的最低限度的条件，我们要求民主，要求人民权利的保障，要求废弃独裁，废弃一党专政，难道这便形同不轨吗？

谁都知道靠着盟邦的协助，日本投降了，我们幸而免掉了亡国之痛。亡羊补牢，尚未为晚。我们正应该力改前非，及早废弃独裁，废弃一党专政，实行民主，从事建设，以图整个国家的现代化。这也正是我们人民今天普遍的要求，国内国外都是认为合理而且合法的，没有一丝一毫逾越了限度。然而有权责的人却充耳不闻，熟视无睹，不仅不依从人民的意愿，反而倒行逆施，变本加厉，在遍地灾荒、漫天贪墨、万民涂炭、百业破产的时候，却偏偏进行着大规模的内战。而镇压人民的反对，竟不惜采用最卑劣无耻的手段来诛锄异己。不用多说，李公朴和闻一多两位，都是在这样违背人民的反动机构之下遭受了暗杀的。今天我们看得很明显，凡是要求民主、要求人民权利的人便应该杀；凡是要求废弃独裁、要求废弃一党专政的便是罪人。有心肝的人们看，今天的中国究竟成了一个什么世界！是群众便遭美械师剿灭，是个人便遭美械特务暗杀，今天我们也有权利，请美国有心肝的人公平地看一看，看他们给予我们的援助方式，究竟是收到了怎样的效果！

枉然的，用恐怖政策来镇压人民。历史替我们证明，谁也没有成功过！恐怖不属于我们，恐怖是属于执行恐怖政策者的。人民今天已经到了死里求生的时候了，为民请命的李公朴和闻一多是从献身中得到了永生。李公朴遇难的时候，闻一多说：李公朴没有死。闻一多今天又遇难了，我也敢于说：闻一多没有死。死了的是那些失掉了人性，执行恐怖政策的一二人，他们是死了一个万劫不复的死！

1946年7月17日

论郁达夫

我这篇小文不应该叫作"论",只因杂志的预告已经定名为"论",不好更改,但我是只想叙述我关于达夫的尽可能的追忆。

我和郁达夫相交远在一九一四年。那时候我们都在日本,而且是同学、同班。

那时候的中国政府和日本有五校官费的协定,五校是东京第一高等学校、东京高等师范学校、东京高等工业学校、千叶医学校、山口高等商业学校。凡是考上了这五个学校的留学生都成为官费生。日本的高等学校等于我们今天的高中,它是大学的预备门。高等学校在当时有八座,东京的是第一座,在这儿有为中国留学生特设的一年预备班,一年修满之后便分发到八个高等学校去,和日本人同班,三年毕业,再进大学。我和达夫同学而且同班的,便是在东京一高的预备班的那一个时期。

日本高等学校的课程在当时分为三个部门,文哲经政等科为第一部,理工科为第二部,医学为第三部。预备班也是这样分部教授的，但因人数关系，一三两部是合班教授。达夫开始是一部，后来又转到我们三部来。分发之后，他是被配在名古屋的第八高等，我是冈山的第六高等，但他在高等学校肄业中，又回到一部去了。后来他是从东京帝国大学的政治经济学部毕业，我是由九州帝国大学医学部毕业的。

达夫很聪明，他的英文、德文都很好，中国文学的根底也很深，在预备班时代他已经会做一手很好的旧诗。我们感觉着他是一位才士。他也喜欢读欧美的文学书，特别是小说，在我们的朋友中没有谁比他更读得丰富的。

在高等学校和大学的期间，因为不同校，关于他的生活情形，我不十分清楚。我们的友谊重加亲密了起来的是在一九一八年以后。

一九一八年的下半年我已被分发到九州帝国大学，住在九州岛的福冈市。适逢第六高等学校的同学成仿吾，陪着他的一位同乡陈老先生到福冈治疗眼疾，我们同住过一个时期。我们在那时有了一个计划，打算邀集一些爱好文学的朋友来出一种同人杂志。当时被算在同人里面的便有东京帝大的郁达夫，东京高师的田汉，熊本五高的张资平，京都三高的郑伯奇等。这就是后来的创造社的胎动时期。创造社的实际形成还是在两年之后的。

那是一九二〇年的春天，成仿吾在东京帝国大学造兵科研究了三年，该毕业了，他懒得参加毕业考试，在四月一号要提前回国。

我自己也因为听觉的缺陷，搞医学搞得不耐烦，也决心和仿吾同路。目的自然是想把我们的创造梦实现出来。那时候达夫曾经很感伤地写过信来给我送行，他规诫我回到上海去要不为流俗所污，而且不要忘记我抛别在海外的妻子。这信给我的铭感很深，许多人都以为达夫有点"颓唐"，其实是皮相的见解。记得是李初梨说过这样的话："达夫是模拟的颓唐派，本质的清教徒。"这话最能够表达了达夫的实际。

在创造社的初期达夫是起了很大的作用的。他的清新的笔调，在中国的枯槁的社会里面好像吹来了一股春风，立刻吹醒了当时的无数青年的心。他那大胆的自我暴露，对于深藏在千年万年的背甲里面的士大夫的虚伪，完全是一种暴风雨式的闪击，把一些假道学、假才子们震惊得至于狂怒了。为什么？就因为有这样露骨的真率，使他们感受着做假的困难。于是徐志摩"诗哲"们便开始痛骂了。他说：创造社的人就和街头的乞丐一样，故意在自己身上造些血脓糜烂的创伤来吸引过路人的同情。这主要就是在攻击达夫。

达夫在暴露自我这一方面虽然非常勇敢，但他在迎接外来的攻击上却非常脆弱。他的神经是太纤细了。在初期创造社他是受攻击的一个主要对象。他很感觉着孤独，有时甚至伤心。记得是一九二一年的夏天，我们在上海同住。有一天晚上我们同到四马路的泰东书局去，顺便问了一下在五月一号出版的《创造》季刊创刊号的销路怎样。书局经理很冷淡地答应我们："二千本书只销掉一千五。"我们那时共同生出了无限的伤感,立即由书局退出,在四马路上接连饮了三家酒店,在最后一家,酒瓶摆满了一个方桌。但也并没有醉到泥烂的程度。在月光下边,两人手牵着手走回哈同路的民厚南里。在那平滑如砥的静安寺路上,时有兜风汽车飞驰而过。达夫曾突然跑向街心,向着一辆飞来的汽车,以手指比成手枪的形式,大呼着:"我要枪毙你们这些资本家!"

当时在我,我是感觉着:"我们是孤竹君之二子。"

胡适攻击达夫的一次,使达夫最感着沉痛。那是因为达夫指责了余家菊的误译,胡适帮忙误译者对于我们放了一次冷箭。当时我们对于胡适倒并没有什么恶感。我们是"异军苍头突起",对于当时旧社会毫不妥协,而对于新起的不负责任的人们也不惜严厉地批评,我们万没有想到以"开路先锋"自命的胡适竟然出以最不公平的态度而向我们侧击。这事在胡适自己似乎也在后悔,他自认为轻易地树下了一批敌人。[①]但经他这一激刺,倒也值得感谢,使达夫产生了一篇名贵一时的历史小说,即以黄仲则为题材的《采石矶》。这篇东西的出现,使得那位轻敌的"开路先锋"也确切地感觉到自己的冒昧了。

胡适在启蒙时期有过些作用,我们并不否认。但因出名过早,而膺誉过隆,使得他生出了一种过分的自负心,这也是无可否认的实情。他在文献的考证上下过一些工夫,但要说到文学创作上来,

---

① 作者原注。他后来曾经写过一封信来,向我缓和,似道歉而又非道歉的。

他始终是门外汉。然而他的门户之见却是很森严的，他对创造社从来不曾有过好感。对于达夫，他们后来虽然也成为了"朋友"，但在我们第三者看来，也不像有过什么深切的友谊。

我在一九二〇年一度回到上海之后，感觉着自己的力薄，文学创作的时机并未成熟，便把达夫拉回来代替了我，而我又各自去搞医学去了。医学搞毕业是一九二三年春，回到上海和达夫、仿吾同住。仿吾是从湖南东下，达夫是从安庆的法政学校解了职回来。当时我们都是无业的人，集中在上海倒也热烈地干了一个时期。《创造》季刊之后，继以《创造周报》《创造日》，还出了些丛书，情形和两年前大不相同了，但生活却是窘到万分。

一九二三年秋天北大的陈豹隐教授要往苏联，有两小时的统计学打算请达夫去担任，名分是讲师。达夫困于生活也只得应允，便和我们分手到了北平。他到北平以后的交游不大清楚，但我相信"朋友"一定很多。然以达夫之才，在北平住了几年，却始终是一位讲师，足见得那些"朋友"对于他是怎样的重视了。

达夫的为人坦率到可以惊人，他被人利用也满不在乎，但事后不免也要发些牢骚。《创造周报》出了一年，当时销路很好，因为人手分散了，而我自己的意识已开始转换，不愿继续下去，达夫却把这让渡给别人做过一次桥梁，因而有所谓创造社和太平洋社合编的《现代评论》出现。但用达夫自己的话来说，他不过是被人用来点缀的"小丑"而已。

达夫一生可以说是不得志的一个人，在北大没有当到教授，后来（一九二四年初）同太平洋社的石瑛到武大去曾经担任过教授，但因别人的政治倾向不受欢迎而自己受了连累，不久又离开了武汉。这时候我往日本去跑了一趟又回到了上海来。上海有了"五卅惨案"发生，留在上海的创造社的小朋友们不甘寂寞，又搞起《洪水》半月刊来，达夫也写过一些文章。逐渐又见到创造社的复活。直到一九二六年三月我接受了广州大学文学院长的聘，又才邀约久在失业中的达夫和刚从法国回国的王独清同往广州。

达夫应该是有政治才能的，假如让他做外交官，我觉得很适当。但他没有得到这样的机会。他的缺点是身体太弱，似乎在二十几岁的时候便有了肺结核，这使他不能胜任艰巨。还有一个或许也是缺点，是他自谦的心理发展到自我作贱的地步。爱喝酒，爱吸香烟，生活没有秩序，愈不得志愈想伪装颓唐，到后来志气也就日见消磨，遇着什么棘手的事情，便萌退志。这些怕是他有政治上的才能，而始终未能表现其活动力的主要原因吧。

到广州之后只有三个月工夫，我便参加了北伐。那时达夫回到北平去了，我的院长职务便只好交给王独清代理。假使达夫是在广州的话，我毫无疑问是要交给他的。这以后我一直在前方，广州的情形我不知道。达夫是怎样早离开了广州回到上海主持创造社，又怎样和朋友们生出意见闹到脱离创造社，详细的情形我都不知道。在他宣告脱离创造社以后，我们事实上是断绝了交往，他有时甚至骂过我是"官僚"。但我这个"官僚"没有好久便成了亡命客,我相信到后来达夫对于我是恢复了他的谅解的。

一九二八年二月到日本去亡命,这之后一年光景,创造社被封锁。亡命足足十年,达夫和我没有通过消息。在这期间的他的生活情形我也是不大清楚的。我只知道他和王映霞女士结了婚,创作似乎并不多,生活上似乎也不甚得意。记得有一次在日本报上看见过一段消息,说暨南大学打算聘达夫任教授,而为当时的教育部长王世杰①所批驳,认为达夫的生活浪漫,不足为人师。我感受着异常的惊讶。

就在卢沟桥事变前一年(一九三六年)的岁暮,达夫忽然到了日本东京,而且到我的寓所来访问。我们又把当年的友情完全恢复了。他那时候是在福建省政府做事情,是负了什么使命到东京的,我已经不记忆了。他那时也还有一股勃勃的雄心,打算到美国去游历。就因为他来,我还叨陪着和东京的文人学士们周旋了几天。

次年的五月,达夫有电报给我,说当局有意召我回国,但以后也没有下文。七月卢沟桥事变爆发了,我得到大使馆方面的谅解和暗助,冒险回国。行前曾有电通知达夫,在七月十七日到上海的一天,达夫还从福建赶来,在码头上迎接着我。他那时对于当局的意态也不甚明了,而我也没有恢复政治生活的意思,因此我个人留在

---

① 作者原注。这人是太平洋社的一位头子,利用过达夫和创造社的招牌来办《现代评论》的。

上海，达夫又回福建去了。

一九三八年，政治部在武汉成立，我又参加了工作。我推荐了达夫为设计委员，达夫挈眷来武汉。他这时是很积极的，曾经到过台儿庄和其他前线劳军。不幸的是他和王映霞发生了家庭纠葛，我们也居中调解过。达夫始终是挚爱着王映霞的，但他不知怎的，一举动起来便不免不顾前后，弄得王映霞十分难堪。这也是他的自卑心理在作祟吧？后来他们到过常德，又回到福州，再远赴南洋，何以终至于乖离，详细的情形我依然不知道。只是达夫把他们的纠纷做了一些诗词，发表在香港的某杂志上。那一些诗词有好些可以称为绝唱，但我们设身处地替王映霞作想，那实在是令人难堪的事。自我暴露，在达夫仿佛是成为一种病态了。别人是"家丑不可外扬"，而他偏偏要外扬，说不定还要发挥他的文学的想象力，构造出一些莫须有的"家丑"。公平地说，他实在是超越了限度。暴露自己是可以的，为什么要暴露自己的爱人？这爱人假使是旧式的无知的女性，或许可无问题，然而不是，故所以他的问题弄得来不可收拾了。

达夫到了南洋以后，他在星岛编报，许多青年在文学上受着他的熏陶，都很感激他。南太平洋战事发生后，新加坡沦陷，达夫的消息便失掉了。有的人说他已经牺牲，有的人说他依然健在，直到最近才得到确实可靠的消息，他已经不在人世了。

十天前，达夫的一位公子郁飞来访问我，他把沈兹九写给他的

故　知

回信给我看，并抄了一份给我，他允许我把它公布出来。凡是达夫的朋友，都是关心着达夫的生死的，一代的文艺战士假使只落得一个惨淡的结局，谁也会感觉着悲愤的吧？

郁飞小朋友：

　　信早收到。因为才逃难回来，所以什么事情都得从头理起，忙得很，到今天才复你，你等得很着急了吧。

　　你爸爸是在日本人投降后一个星期才失踪的，到现在还没有回来，大约是凶多吉少了。关于你爸爸的事是这样：在新加坡沦陷前五天，我们一同离开新加坡到了苏门答腊附近小岛上，后来又溜进了苏门答腊。那时我们大家都改名换姓，化装成生意人，谁也不知道我们的来历。有一次你爸爸不小心，讲了几句日本话，就被日本宪兵来抓去，强迫他当翻译。他没有办法，用"赵廉"这个假名在苏岛宪兵部工作了六个月。在这期间，他用尽方法掩护自己，同时帮忙华侨，所以他给当地华侨印象极好。他在逃难中间的生活很严肃。那时我们也在同一个地方，不过我们住的是乡下。他常常偷偷地来看我们，告诉我们日本人的种种暴行，所以他非常恨日本人。后来，他买通了一个医生，说有肺病不得不辞职，日本人才准了他。

　　一年半以后，新加坡来了一个汉奸，报告日本宪兵，说他在做国际间谍。当地华侨为这事被捕的很多，日本人想从华侨身上知道你爸爸是否真有间谍行为，结果谁也说没有；所以仍能平安无事。在这事发生以前，我们因为邵宗汉先生和王任叔伯伯在棉兰，要我们去，我们就去棉兰了。他和汪金丁先生和其他的朋友在乡间开了一间酒店，生意很好，就此维持生活。

直到日本人投降后，他想从此可以重见天日了，谁知一天夜里，有一个人来要求他帮忙一件事情，他就随便蹑了一双木屐从家里走出，就此一去不返。至于来诱他出去的人那是谁，现在还不清楚，大约总是日本人。我们为了这事从棉兰赶回苏，多方面打听，毫无结果。以后我们到了新加坡，又报告了英军当局，他们只说叫当地日本人去查（到现在，那里还是日军维持秩序），哪会有呢？

问题是在此：日本降后，照例兵士都得回国，而宪兵是战犯，要在当地听人民控告的。人民控告时，要有人证物证，你爸爸是最好的人证，所以他们要害死他了。而他当时没有想到这一层，没有早早离开，反而想在当地做一番事业。

你不要哭，在这几年当中，你爸爸很勇敢，很坚决，这在你也很有荣誉的。况且人总有一死的呀，希望你努力用功！再会。

你的大朋友　沈兹九

看到这个"凶多吉少"的消息，达夫无疑是不在人世了。这也是生为中国人的一种凄惨，假使是在别的国家，不要说像达夫这样在文学史上不能磨灭的人物，就是普通一个公民，国家都要发动她的威力来清查一个水落石出的。我现在只好一个人在这儿做些安慰自己的狂想。假使达夫确实是遭受了苏门答腊的日本宪兵的屠杀，单只这一点我们就可以要求把日本的昭和天皇拿来上绞刑台！英国的加莱尔说过"英国宁肯失掉印度，不愿失掉莎士比亚"；我们今天失掉了郁达夫，我们应该要日本的全部法西斯头子偿命！……

实在的，在这几年中日本人所给予我们的损失，实在是太大了。但就我们所知道的范围内，在我们的朋辈中，怕应该以达夫的牺牲为最残酷的吧。达夫的母亲，在往年富春失守时，她不肯逃亡，便在故乡饿死了。达夫的胞兄郁华（曼陀）先生，名画家郁风的父亲，在上海为伪组织所暗杀。夫人王映霞离了婚，已经和别的先生结合。儿子呢？听说小的两个在家乡，大的一个郁飞是靠着父执的资助，前几天飞往上海去了。自己呢？准定是遭了毒手。这真真是不折不扣的"妻离子散，家破人亡"！达夫的遭遇为什么竟要有这样的酷烈！

我要哭，但我没有眼泪。我要控诉，向着谁呢？遍地都是圣贤豪杰，谁能了解这样不惜自我卑贱以身饲虎的人呢？不愿再多说话了。达夫，假使你真是死了，那也好，免得你看见这愈来愈神圣化了的世界，增加你的悲哀。

1946年3月6日

写在菜油灯下

考虑到在历史上的地位,和那简练、有力、极尽了曲折变化之能事的文体,我感觉着鲁迅有点像"文起八代之衰而道济天下之溺"的韩愈,但鲁迅的革命精神,他对于民族的贡献和今后的影响,似乎是过之而无不及。

鲁迅生长在民族最苦厄的时代,他吐出了民族在受着极端压抑下的沉痛的呼声。内在的重重陈腐,外来的不断侵凌,毫不容情地压抑着我们,有时几乎快要使我们窒气。但我们就在那样的态度之下,顷刻也不曾停止过反抗的呼声。这呼声像在千岩万壑中冲迸着的流泉,蜿蜒、洄洑、激荡、停蓄,有的在深处潜行,有时忽然暴怒成银河倒泻的瀑布。

这呼声,尤其是近二十年来的,通被录音下来了,便在鲁迅的全部著述里面。

民族的境遇根本不平,代表民族呼声的文字自然不能求其平畅。

故　知

民族的境遇根本暗淡，反映民族生活的文字自然不能求其鲜丽。

汪洋万顷的感觉，惠风和畅的感觉，在鲁迅的文字中罕有。这与其说是鲁迅的性格使然，甯是时代的性格使然。

许多对于鲁迅的恶评："褊狭""偏私""刻薄""世故"……事实上，都是有意无意的诬蔑。

我不曾和鲁迅见过面，他的生活、性情、思想，不曾有过直接的接触。——这在我是莫大的遗憾。

但以鲁迅的学识、经验、名望，假如他真是"世故"，或多少"世故"得一点，他决不会那样疾恶如仇，尽力以他的标枪匕首向社会恶魔投掷。

假如要代表社会恶魔来说话，那鲁迅诚不免是"褊狭""偏私""刻薄"。这在鲁迅正是光荣。

我曾经对于骂鲁迅的人，替鲁迅说过这样的几句话："同一样是骂人，而鲁迅之所以受青年爱戴者，是因为他所骂的对象，既成的社会恶魔，为无染的青年所未具有。鲁迅之骂是出于爱，他是爱后一代人，怕他们沾染了积习，故不惜呕尽心血，替青年们作指路的工夫，说这儿有条蛇，那儿有只虎，这儿有个坑，那儿有个坎，然而也并不是叫他们一味回避，而是鼓励他们把那蛇虎驱掉，把那坎陷填平。"

这几句话，我不敢说能道着鲁迅的心事，但我是毫无溢美、毫无阿好的直感。

鲁迅在时，使一部分人"有所恃而不恐"，使另一部分人"有所惮而不为"的，现在鲁迅已经离开我们四年了。

蛇虎呢？依然出没。坎陷呢？依然纵横。

剩给我们的是：加紧驱逐和填平的工作。

鲁迅是奔流，是瀑布，是急湍，但将来总有鲁迅的海。

鲁迅是霜雪，是冰雹，是恒寒，但将来总有鲁迅的春。

痛失人师

自从我认识陶行知以来,我心里隐隐怀着一个疑团。我总觉得陶先生的脸色不大正常,是一种不很健康的表征。但我不曾听见他说过有什么病。到他昨天因脑溢血而突然去世,我才知道他有血压过高的宿症,我的八九年来的疑团也就冰释了。

知道了他有这样的病,更增加了我对于他的敬仰。他向来没有把这样的苦痛告诉过人,而且根本没有把这种苦痛放在眼里,他一直是忍受着这种苦痛,以献身的精神从事着他的事业的。血压高的人,容易兴奋或冲动,但他却丝毫没有那样的倾向。他处事接物,诚恳和易,十分耐烦;说话作文也蕴藉幽默,没有什么火气。这些可以证明,他的修养工夫确实是做到了忘我的地步。

我和他最后一次的见面是二十三日的晚上,他和好些朋友在我寓里谈了很久的话。八点钟,我们又同赴一位朋友的邀宴,在十点钟左右我们便分手了。他那时丝毫也没有呈现出什么异状。在分手时,我还半开玩笑地请他保重身体,"你是黑榜状元,应该留意呢"，我这样对他说。"不是状元是探花，是黑榜探花。你也准定榜上有名的"，他也半开玩笑地这样回答了。我现在想起来，这"黑榜探花"倒成了事实了，他恰巧是李公朴、闻一多遇刺以来为民主而死的第三名。迟李公朴十五天，迟闻一多十一天，而都同在这七月里面。真真是多事的七月，可诅咒的七月！

古人说："经师易遇，人师难逢。"这话在今天尤其感觉真切。有学问知识的人比较容易找，而有人格修养的人实在是如像凤毛麟角。陶先生就是这凤毛麟角当中的一位出色者，而今天他忽然倒下去了。尽管说陶先生精神不死，但一个人在和一个人不在，究竟是两样。而何况像陶先生那样的人和他那样的工作，实在是不容易找到替手的。我愿和千千万万的受了陶行知的熏陶的年轻朋友们同声一哭。

1946年7月26日

由人民英雄恽代英想到《人民英雄列传》

三十年来，为新民主主义革命而牺牲了的志士，真可以说是不计其数了。我经常在想，我们应该编写《人民英雄列传》这样的一部书，把先烈们的遗事收集起来，对于革命是很好的纪念，对于年轻一代和更后代的青年们尤其是很好的教育资料。这样的书在目前来写正是时候，假使再隔上十年，物证会更要丧失，活的人证也是难保不丧失的。

今天又是代英的纪念来了。恽代英同志在《人民英雄列传》里面是应该占有重要篇幅的人物。他对于革命是很有贡献的。他是在五四运动中产生出来的一位从事青年工作的工作者，在大革命前后的青年学生们，凡是稍微有些进步思想的，不知道恽代英，没有受过他的影响的人，可以说没有。他的壮烈的牺牲，在我们革命阵营中的确是一项大损失。

但关于代英的遗事，我所知道的就很少。我只知道他参加过少年中国学会，而且是属于那个会里面的积极进步的革命派。他在上海曾经办过一种以青年为对象的小型杂志，就是最早的《中国青年》。那杂志对于当时的青年人有很大的影响。代英会做文章，尤其会讲演。他的讲演最为生动而有条理，不矜不持，而煽动力很强。有时却又非常幽默。在大革命前后还没有播音器的使用，凡是上了一两千人的场合必须用大喉咙叫，因此在代英身上便留下了一个可以说是后天的特征，便是他总是破喉咙。讲话的机会多，喉咙便不能不叫破。

代英在四川泸县做过师范教育工作，四川青年受他的影响的，因此也特别多。假使我们从事调查，那时从四川那样的山坳里远远跑到广东去投考黄埔军校的一些青年，恐怕十个有九个是受了代英的鼓舞的吧？

代英的最活跃的期间就是在大革命前后那几年。他曾经充当过黄埔军校的政治教官。在一九二七年的武汉时期，军校移到武汉，他是政治教官的主脑。八一革命以后，由南昌到汕头的一段期间，我们一同担任过政治部的工作。但因为那一段期间主要是爬山走路，和反动派作战，我们在政治工作上没有做出什么成绩出来，留在脑子里面值得回忆的东西一点也没有。

我和代英最后的一次见面是在香港。在汕头失败以后，我们先后逃到香港去躲了一个时期，他暂时要留在香港工作，而我是要回到上海去了。那是一九二七年十月下旬的一个晚上，在香港西环一座临街的小楼房里作了最后一别。到现在已经二十多年了，但他那朴质机敏、短小精干的风度，带着破嗓子的有力量的声音，至今都还活鲜鲜地留在我的面前。

我所知道的代英的遗事实在太少，不能够传达他的英烈的万一，因此我更感觉着《人民英雄列传》的编写似乎有绝对的必要。最好得有十来位同志负责，先撰出一批先烈名单出来，花过三五年工夫专门从事搜集资料和撰述。我想，这对于整个大革命史的叙述上一定会有帮助，尤其是对于青年的教育意义上那是很大的。

《人民英雄列传》还可以逐步地扩大，扩大到鸦片战争前后。去年中国人民政治协商会议第一届全体会议闭幕的时候，为了纪念在人民解放战争和人民革命中牺牲的人民英雄，曾在天安门广场举行了人民英雄纪念碑的奠基典礼。那由毛主席亲自宣读出的碑文是这样的：

"三年以来，在人民解放战争和人民革命中牺牲的人民英雄们永垂不朽！

"三十年以来，在人民解放战争和人民革命中牺牲的人民英雄们永垂不朽！

"由此上溯到一千八百四十年，从那时起，为了反对内外敌人，争取民族独立和人民自由幸福，在历次斗争中牺牲的人民英雄们永垂不朽！"

这碑将来会用大理石来做吧？既可用大理石来做碑，我们更应该用文字来做传。当然也可以上溯到一千八百四十年，也就是鸦片战争发动的那一年。